JN009267

退屈嫌いの
封印術師
boredom hating sealer
2
～常春の街
マザーパンク～
空松蓮司 Soramatsu Renji
Illustration 伊藤宗一

第二章　常春の街マザーパンク

CONTENTS

CHARACTER

人物紹介

◆シール＝ゼッタ

バルハとの出会いで人生が変わった新米封印術師の青年。
師の想いを引き継ぎ旅に出る。

◆バルハ＝ゼッタ

最強の封印術師。大量虐殺の罪を着せられ投獄された。
獄中で出会ったシールに大きな可能性を感じ弟子にした。

◆シュラ＝サリバン

妹のアシュとひとつの体、ふたつの精神を共有する太陽神《ラー》の呪いをその身に宿す少女。
解呪の方法を探している。

◆アシュ＝サリバン

接近戦の得意なシュラとは反対に遠距離攻撃に長けた少女。
姉のことが大好き。カワイイもの好き。もやしも好き。

◆ソナタ＝キャンベル

自称吟遊詩人の騎士団の大隊長。
嘘を真実に変えることが出来る魔術師でもある。

◆【屍帝】

レイズ＝ロウ＝アンプルール

魔帝の一人。残虐かつ尊大。
人間から魔物まで、あらゆる屍を操る。

◆【銃帝】

バルハ＝ゼッタの実弟で魔帝の一人。
レイズを倒したシールに興味を持つがその目的は謎。

STORY

監獄に囚われた青年、
シールは暇を持て余していた。
閉鎖された空間、変わらない景色。退屈な日常。
そんな彼の前に、ある日年老いた一人の囚人が現れる。
名をバルハ＝ゼッタ。職業、世界で唯一人の封印術師。
異質なオーラを放つ老人に強く興味を持ったシール。

――良い暇つぶしになるかもな。

その日のうちにバルハに弟子入りし修行が始まるのだった。
大量虐殺の罪を被せられていたバルハは
呪いを受けており獄中でこの世を去ってしまうが
師の教えと想いを受け継いだシールは旅に出ることにする。
シール＝ゼッタ。退屈を嫌う、一人の封印術師として。

師から託されたモノのひとつ、愛する孫娘への手紙。
唯一書かれていた名前と魔術学院生という事を頼りに
道中で出会った仲間らと旅路を往くが
その途中かつてバルハ＝ゼッタが封印した魔帝、
レイズ＝ロウ＝アンプルールと出会う。

シールは人間を餌とするレイズと相対し
敗色濃厚な窮地に陥りながらも仲間たちの助けもあり、

「テメェに、無期懲役をくれてやる……」

見事レイズを封印出来たのだった。

第二章◆常春の街マザーパンク

第三十五話　桜を囲う街〈マザーパンク〉

海に流され、オレは常春の街に辿り着いた。

そこで出会ったのは……一点の濁りもない肌を持ち、煌びやかな白い長髪を揺らめかす少女だった。

背の高さはアシュと同じか、少し上か？
二、三歩距離が離れているのに洗剤のふんわりとした香りが鼻をくすぐる。
オレは一瞬、言葉を失った。

普通に、見惚れてしまった。

その異質な雰囲気に飲み込まれてしまった。

なんだ、この感じ。前にも1回あった気がする。

「びしょびしょだね」

彼女は腰を落として地べたに尻もちをつくオレに視線を合わせる。

「そんな恰好で海水浴でもしてたのかな」

「なわけあるか。

乗っていた船がちょっと沈没してな。

沈没した場所からここまで泳いできたんだ……」

船というかイカダだけど。

「え!?

それは大変だったね……一緒に船に乗っていた人とかは大丈夫なの？」

「ああ。それなら多分、問題ない」

「そっか。

着替えはある？」

オレは肩を竦めて首を横に振った。

「じゃあさ、ウチ、来る？

男物の服も置いてあるからさ」

「……。」

「嫌？」

彼女は少し不安そうな顔でオレの顔を覗いた。

「嫌っていうか……こんな見ず知らずの男、家に呼んでいいのか？」

「うーん……今わたしの家、わたししか居ないから大丈夫だよ！

「スペースは十分空いてるよ」

普通、1人しかいないんなら駄目じゃないのか？

彼女は「それに」と言葉を繋げる。

「わたし、困っている人は放っておけないの。おじいちゃんからよく『困っている人が居たら助けなさい』って言われてたから」

少し警戒する。初対面でここまで無防備な女は初めてだ。なにか裏があるんじゃないかと勘繰ってしまう。こう見えて実は盗人で、家について行ったらコイツの仲間が待ち伏せしていてオレを襲うんじゃないか？

いや、考えすぎか。

ハニートラップを仕掛けるなら、もうちょい露出の多い服を着てくるだろう。

兎にも角にもこの街について知らないオレが1人になるのはまずい。

ここはひとまず、

「お言葉に甘えるよ」

オレは彼女の家について行くことにした。

◆

すれ違う人々、その5人に1人が獣交じりの人間。

街の中心に向かうにつれ純粋な人間が増えていく。

慣れない光景だ……。

「獣人……はじめて見たな」

「へぇ、結構田舎の方から来たのかな？

獣人なんて珍しくもないと思うけど」

「田舎っつーか、排他的な街だったのは間違いないかな」

この街、マザーパンクは至る所に整えられた木と、川がある。

これは中心の桜を枯らさないための処置らしい。川が桜に水分を運び、木が地中の水分を吸い上げて水の量を調節しているのだと彼女は語ってくれた。

「この街を守ってるのはね、街の中心にある桜の木なの。

だからあの桜を守るように街はできている」

「アレが結界の役割を果たしているのか……」

「桜の名前は〝アスフォデルス〟。

不死の樹と呼ばれてる」

黄色の綿……丸い何かが、ずっと降ってきている。

オレは黄色の綿を右手で受け止める。綿はすぐに溶けて消えてしまった。

「この綿はなんだ？」

「花粉だよ。木そのものじゃなくて、これが結界の役割を果たしているんだよ。魔よけの花粉。魔物が浴びると皮膚が溶けるの。ぐちゃぁ！　ってね」

彼女は手をぐにぐにさせる。

皮膚が溶けるか。魔物とはいえグロいな……。

「花粉症の人間とかは住めない街だな」

「ううん、むしろ逆。

この花粉を〝アスフォデルス〟の樹液で溶かして飲むと、花粉に対して耐性ができて一年間は花粉症を抑えられるんだ」

手を後ろで組みながら、彼女はクルッと一回転ステップを踏む。

「この花粉とあの桜の樹液を瓶にでも詰めて、他の街に売り込めば高値で売れそうだな」

「現にそうしてるよ。

ま、でもいい点ばかりじゃないけどねー。

一年間耐性が付く代わりに、飲んだら一日中全身の毛穴から液体が出るんだよ」

「エグイな！」

うふふ、と彼女は笑う。

「嘘だよ。騙された？」

彼女はいたずらっ子気質のようだ。

「副作用は飲んだ日だけ鼻水が止まらないこと」

「それもそれで嫌なもんだが、一年間花粉症を抑えられるなら安いモンなのかな。オレは花粉症じゃないからよくわからないけど」

独特な感じだな。

景色は静かで、落ち着くのに、店や通行人は盛り上がっている。

心地いいな……嫌いじゃないリズムだ。木々のおかげか、空気も美味しい気がする。

この街は桜の木を中心に円形に展開されている。街には段差があり、外に向かうほど下りていく。

つまりは桜に向かうほど階段を上がっていくわけだ。桜付近の層は最下層から見上げると首が痛くなるほど高い。

オレは最下層から桜に向かって百歩ほど上がり、その層をグルリと周《まわ》る。

最下層と違い、静かだ。家が並んでいる。恐らく層によって建物の種類を統一しているんだろうな。

さっきまで居た層が商店街ならここは住宅街か。

「ところで君はどんな用事でこの街に来たの？

偶然流れ着いただけ？」

「いいや、ちゃんとここを目指して来たぜ。

ある人物を探していてな」

「だれだれ？　わたし、この街の人のことなら大体知ってるから力になれるかも。名前は？」

「実は名前が書かれた手紙はバッグの中で、そのバッグは海に流されちまってな」

しくった。

手紙を貰った時にチラッと見たぐらいで、ちゃんと爺さんの孫娘の名前確認してなかったんだよなぁ……探す時に見ればいいやと思って、完全に放置していた。

「手がかりはどこぞの魔術学院に通《かよ》ってる、ってぐらいでな」

「学院に!?

だったら本当に名前さえわかれば力になれるのに……わたし、前は帝都の魔術学院に通ってたし……」

「お前、魔術師なのか？」

「君もでしょ？」

「なぜわかる？」

「赤い魔力を微量、常に纏ってるからね～。

魔術師は最低限の魔力で無自覚に体を守ってるんだよ」

言われてみれば……。

完全に無意識だったな。

「あともう少しだよ」

木造りの住宅が並ぶ。

どれもこれも装飾に金属をほとんど使っておらず、花や木、貝殻などの自然物で家を飾っている。

その中でも一際《ひときわ》素朴な家、扉にリースを飾った家の前で少女は立ち止まった。表札には〝フライハイト〟と書いてある。

「とーちゃく。ここがわたしの家だよ」

二階建ての家だ。

少女は扉を引いて開ける。鍵を外す仕草が見えなかった。不用心だな。いや、それだけ平和な街ってことか。

「今タオル持ってくるから待っててね！」

「おお。さんきゅ」

扉が閉まる。オレは扉に背を向けて腰を地面につけた。

「どーすっかなぁ……」

胡坐をかいて、頬杖をつく。

なんとなく、空を見上げる。

太陽の陽ざしが花の隙間を縫って街に降り注いでいる。

落ち着くなぁ……このまま眠りたくなる。冒険はじめから中々ぶっ飛んだ展開の数々だったから、ここらで一度スローペースに――

「どうしたの？　ぼーっとしちゃって」

「おわっ!?」

背後から耳元で囁かれ、オレは思わず飛び退いた。

彼女はクスッと小悪魔のように笑い、白いタオルを差し出してきた。

「落ち着くよねー、この街。わたしね、この街大好きなの。

だからよく遊びに来るんだ」

白髪の少女は玄関前に座り、街の景色を眺める。

オレはタオルで体を拭きながら、彼女の隣に座った。

「実家は別か？」

「うん。ここは別荘。おじいちゃんが建ててくれたんだ……。

毎年、この時季になるとね、おじいちゃんと2人で遊びに来て――」

どこか寂し気に、彼女は笑う。

「じゃあ、お前のおじいちゃんもこの街に来てるのか？」

「今年は……今年はわたし1人だよ。

おじいちゃんは、その……今忙しいから」

彼女は暗く落ち込んだ顔をすぐさま立て直し、立ち上がった。

「家に入ろう。ごはん御馳走するからさ」

「手作りだと、嬉しさ百倍だな」

「もちろん、手作りですとも！」

オレは水滴が垂れない程度に服と体を拭き、家に入った。

家に入ると男物のシャツとズボンを渡されたから、玄関で着替えて居間へ向かった。

第三十六話　レイラ

案内されたのは円形の食卓だ。食卓に付属する木の椅子は2つ。

視線を右に逸らすとソファーがある。ソファーのすぐ側には窓があり、窓の先には花木が生い茂るベランダが見える。

視線を左に逸らすと台所、陽気に調理器具を動かす少女の背中が見える。

「ふんふふーん」

風の魔術でも使っているのだろうか？

指を動かすだけでフライパンが浮かび、おたまが動き、皿が空を闊歩して用意される。彼女が人差し指をピッと上に向けるとフライパンに火が点《つ》いた。

すげぇな。

これだけ器用に魔力を操れるなんて……オレが知らないだけで、魔術師はみんなこれぐらいのことはできるのか？

オレがなにか話を切り出そうと口を開こうとした時、彼女はオレの方を振り向いた。

「レイラ＝フライハイト」

「ん？」

「わたしの名前だよ。

――あ、待って待って！　君の名前は言わないで！

当てたいから！」

彼女は人差し指を上唇に当て、「うーん」とオレの顔を観察した。

顔を観察したところで、名前に辿り着けるとは思わないが。

「〝レオン〟でしょ!?」

「違う」

「〝アレン〟っ!!」

「全然ちげぇよ……」

彼女は右拳を腰に当てながら「うーん……」と唸《うな》る。

考え込みながらも調理器具は淡々と料理を作り上げていた。

ほとんど無意識に料理という難しい作業を行《おこな》っている。

マジで凄ぃな。操《青》作の魔力と形成《緑》の魔力、どちらにも長《た》けていないとできない芸当だ。

「ヒントちょうだい！」

「はじめの文字は〝シ〟だ」

「〝シェーン〟っ！」

それから何度も間違いを繰り返し、ほぼほぼ答えみたいなヒントを出して、ようやく彼女はオレの名を口にする。

「〝シール〟！　絶対〝シール〟でしょ！」

ようやく終わった……。

「正解。オレの名前は〝シール＝ゼッタ〟だ」

パリン。と皿が割れる音がした。

レイラが魔術で操っていた皿が地面に落ち、割れたようだ。

オレは立ち上がり、台所へ入ってレイラの顔を覗く。

「おいおい！　大丈夫か？」

オレは問う。

レイラは体を震わせ、「まさかね」と笑った。

「どうした？　顔色悪いぞ」

「ううん、なんでもないよ。

シール君。もう少しで料理できるから、待ってて」

どこか動揺している彼女だったが、深く突っ込むのはなぜか憚られた。触れると火傷する気がした。

待つこと数分、宙を舞って皿が食卓に並び立つ。
全5品。
緑の野菜が浮いた大自然カレー。
紫色のコーンが入っているスープ。
魚介が詰まったパイ。
円形に花ビラのように広がるサラダ。
見たことのない赤と青の果実で彩ったゼリー。
どれもこれもうまそうだ。自然と腹が鳴る。
彼女は食卓を挟んで向かい側に座り、両手を広げた。
「召し上がれ♪」
オレは木のスプーンを装備する。
「そんじゃ遠慮なく、いただきます」
両手を合わせ、スプーンを前に。
まずはカレーをひと掬い、口へ運んだ。
「ふむ」
——なるほど。
ここでようやく、オレは窮地に立っていることに気づいた。

クソ不味い。

カレーなのに粘っこい、味が喧嘩しまくっている。

本当に不味い物を食べると人って冷静になるんだな。『まずっ!?』とかリアクションが取れるレベルじゃない。

正面を見ると、〃どう？　美味しいでしょ〃って顔でレイラがこちらを見ていた。

いや、まだ絶望するのは早い。

カレー以外は美味しいかもしれない。

オレはスープにスプーンを向ける。

透明の液体、特に深い味付けはされてなさそうだ。

これが不味いってことはないだろう。と思いつつ、口を付けて眉をひそめる。

泥を出汁《だし》に使ったのか？　そう感じるレベルの不味さだ。

この調子だと全部こうだな。

——さてと、漢として、ここでハッキリと『不味い』とは言えないだろう。

大丈夫、オレは泥水を啜ってきた男。オレの手に掛かれば調味料1つで泥水を絶品スープに変えることができる……！

オレは食卓中央に設置された調味料へ右手を伸ばす——

「……。」

視界に入ったレイラが、眉を八の字にして、心配そうにオレを見ていた。

オレがレイラと目を合わせると、レイラはハッとして笑みを作った。

「ごめんね。気にしないで……わたしの料理を食べるとね、みんな調味料いっぱいかけるの。べ、別にいいんだよ！　今日はさ、結構濃い味にしたんだけどね……いいよ、いっぱい使って」

んなこと言われて使えるか！！！

「調味料――じゃなくて、台拭きをな。ちょっとこぼしちゃったから……ふきふきと」

オレは伸ばした手で調味料の近くにあった台拭きを掴み、テーブルを拭いたあと、元の場所に戻した。作戦失敗！

なら作戦2だ。

ありったけ口の中に飯を溜めて、トイレで吐き出す。非人道的だが仕方あるまい。

「トイ――」

オレがトイレの名前を出そうとしただけで、レイラは困った顔をした。

これは調味料と同じパターンだな……。

――覚悟を決めろ。

オレの中の漢が叫ぶ。

最低限の咀嚼をし、水で流し込むしかない。

オレはスプーンを握り、カレーをがっつく。
――赤い野菜、咀嚼3回で十分。
スプーンで触れた感覚のみで咀嚼回数を暗算する。
――緑の野菜、咀嚼2回。
――プチプチ米、咀嚼3回。
――ジャガイモ、咀嚼4回。
ひと噛みごとに吐き気ゲージが上昇していく。だがまだ余裕はある。
(いける！)
いけるぞ!!
この調子なら……！
「なっ……！」
絶望。
心が沈みゆく。
スプーンで皿の底から掬い上げたそれは、白く、ネトーッと伸びていた。
――餅。
――餅だ。
――カレーに餅！！？

咀嚼、何回だ？

コイツは油断したら命に関わる。咀嚼回数を渋れば喉に詰まって死ぬ、咀嚼回数が多すぎても不味くて死ぬ。

どっちの道も——デッドエンド。

「……。」

レイラの顔を見る。

レイラはワクワクとした表情をしていた。とっておきたる、といった感じだ。どうやら餅が入っているのは手違いではないらしい。

ここで、引き返すわけにはいかなそうだ。

オレは地獄の淵へ、その足を進めた。

◆

食べ終わった後、不思議と胃もたれはしなかった。逆に体の調子は良くなったと思う。栄養バランスは良かったみたいだ。

ただ精神的には地の底だった。

口に残る知らない味の数々……むしろ褒めたたえたくなる。どうすればあそこまで全ての料理を未知の味にできるのか。

「うそ……やった！　はじめて完食してもらえた！」

オレが空にした皿を見て、レイラは口元を緩ませてはしゃいだ。

オレは食卓に突っ伏しながらも、彼女の笑顔を見て安堵する。まぁ、努力した甲斐はあったかな。

「飯もご馳走になったし、そろそろ出るよ。

これ以上迷惑はかけられない。

服は明日か明後日には返す」

「服は返さなくていいよ。どうせ捨てようと思ってたやつだし。

どこか行く宛てはあるの？」

「一応……な」

――〝なにか困ったことがあったら〈マザーパンク〉に居るパールって騎士を頼ってね〟

ソナタの手紙に書いてあったあの一文。

パール……恐らくは爺さんの牢を訪れたあのオッサン騎士。あの人を探してみるか。

ついでにシュラ達とも合流できれば最高だな。

「レイラ。パールって名前の騎士を知ってるか？」

「え？　パールおじさんのこと？　騎士団大隊長の？」

「知ってるみたいだな」

「うん！　おじいちゃんの知り合いでね。昔から可愛がってもらってたから。

でもまだ帝都から戻ってないんじゃないかな？　明日ぐらいに帰ってくるって言ってた気がするけど」

明日か。

一日ぐらい、飯食わずに野宿でも大丈夫だな。少しだけ昔の暮らしに戻るだけだ。

「もしかして、今日一晩は外で寝ようなんて、思ってない？」

「……。」

「ふふっ、わかりやすい反応。

君さえよければ、今日はウチに泊まっていかない？」

下から、掬い上げるような視線で彼女は言う。

「純粋な疑問なんだが、どうしてそこまでオレの面倒を見てくれるんだ？」

「う～んとね、そうだね。

強《し》いて言えば……君が、わたしの大好きだった人に似てるからかな……」

まただ。

また彼女は寂しそうに笑った。

「なんだそりゃ、新手の口説き文句か？」

「そう思ってくれてもいいよ」

「じゃあおとなしく口説かれるとしよう。

今日一日、部屋をかしてください」

オレは軽く頭を下げる。

「いいですとも！」

彼女は繊細で、絵画に描かれる女性のように粗のない容姿をしている。

一滴、絵の具を垂らすだけで全てが崩れてしまいそうな——そんな繊細《あやう》さを感じた。

「ねぇシール君。明日、パールおじさんに会う前にさ」

「おう、なんだ？」

「デートしようよ。この街、案内するよ」

彼女は、自分の容姿が優れていることを自覚している。絶対に。仕草の作り方や表情の作り方が見事に男心を摑むようにできている。

頰に薄っすら紅色を彩り、頰杖をついて口元を小さく吊り上げる。水色の瞳はジッと、オレの瞳の奥を覗いていた。

不覚にもときめきそうになった。危ない危ない……今まで会ったことのないタイプだな。魔性、妖艶。こういう奴のことを言うんだな……。

第三十七話　憎い相手

案内されたのは二階、階段を上がって一番奥の部屋だ。

ちなみに二階には3つ部屋があり、レイラの寝室とトイレとオレが案内された部屋だ。

オレが案内された部屋の扉にはドアプレートがぶら下がっており、そこには〝アイン〟と書かれていた。

部屋の中にはほとんど物が置いていなかった。ふかふかのベッドが1つとクローゼットが1つ。あとは机と椅子が1つずつ。

ベッドの側には窓があり、街灯が差し込んでいる。陽はもうとっくに沈んでいた。今日はもう外に出ない方がいいな。

オレは窓から外の景色を眺める。桜の木に向かって伸びる町並み……なるほど、ここに家を建てた奴はセンスがあるな。寝る前にあんな綺麗な桜を拝めるなんて最高じゃないか。

「ん？」

視界の端、ベッドと壁のすき間になにかが落ちている。

オレはもふもふしたその物体を拾いあげた。

ぬいぐるみだ。

クマのぬいぐるみ。ボロボロだな……埃っぽくて綿が抜けている。このボロボロ加減を抜きにしてもこのぬいぐるみ、かなり不細工だ。めちゃくちゃに太い眉と憎たらしい丸目、口は3の字……きもかわいい？　ってやつなのだろうか。

コンコン、とノックする音が部屋に飛び込む。

「どうぞ」

オレが応《こた》えると、ドアノブが回りレイラが部屋に足を踏み入れた。

寝巻《ナイトウエア》だろうか、さっきまで着ていたワンピースより薄い生地の服を着ている。半透明で、太腿から下は透けて見えている。

「どう？　この部屋、なにか不満な所とかある？」

「いいや全然。不満どころか大満足さ」

「そっか、よかった……ところで、手になに持ってるの？」

レイラは頭を横に倒し、オレの背中の方を覗きこむ。

「あぁ、これか？」

オレは手に持ったぬいぐるみをレイラにも見える位置に持ってくる。

「――――ッ!?」

「すげー不細工なぬいぐるみだよな。綿も抜けてるし、捨て忘れたのか？

――っと!?」

バッ！　とオレの手元からぬいぐるみが消えた。奪われた。

レイラが顔を伏せながらぬいぐるみを抱きかかえている。

「ごめん、これは……ちょっと訳ありなんだ」

「そう、か……悪いな、無神経なこと言ったか？」

「全然そんなことないよ。

不細工で、汚くて、まったく可愛くないぬいぐるみだよね……」

ならどうして、そんな大切そうに抱えてるんだ？

「誰か、大事な人からのプレゼントとかか？」

「……。」

レイラの表情が暗く冷える。

瞬時にわかった。今のレイラの表情が、彼女の素の顔だと。

「ねぇシール君。

シール君はさ、死ぬほど憎い相手って居る？」

レイラは唐突にそう切り出して、真っ黒に落ちた瞳をオレに向けた。

怖い。なんだこの圧力……！

生物の本能が〝逃げ出したい〟と叫んでる。

「居ない、けど……別に」

「そう。わたしは居るんだ。このぬいぐるみはその人がくれたもの」

「じゃあなんで、そんなもん、捨てずに持ってるんだ？」

「さぁ、どうしてだろうね。わたしにもわからないや」

にひひ、とレイラは笑う。

それが作り笑いだというのはすぐにわかった。

レイラはなんてことない調子で話を切り替える。

「さっきパールおじさんの家に飛ばしたハトが戻ってきたよ。明日の昼頃には騎士団の支部所に帰ってくるってさ」

圧力が消えた。

オレもレイラと同様に表情を切り替え、余裕の面持ちに戻す。

「家にパールは居ないんじゃないのか。

誰が返事書いたんだ？」

「奥さんと娘さんが居るんだよ。

返事を書いてくれたのは奥さんだね。アカネさんっていうんだけど、凄く料理が上手なんだ。わたしの料理の師匠だよ」

レイラの師匠か。

本当に料理が上手なのだろうか。レイラの腕を見てると心配になる。

「そんじゃ、明日は朝からマザーパンクを周って、昼に支部所に行ってパールと合流って感じか？」

「そうだね〜。

楽しみだからって、眠れなくなっちゃダメだよ？」

「オレがお前とのデート如きで眠れなくなるわけないだろうが。

デートだって初めてじゃない」

オレは余裕の面持ちで、肩を竦めて言う。まぁ嘘だけどな。つまらん見栄を張ったと我ながら思う。

レイラは「むー」と口を紡ぎ、オレをジトーッと見ながら退出した。

オレはレイラが居なくなったのを確認して、腰に手を当て体をクネクネさせる。

「デートかぁ……人生初の、デートだ……」

あのレベルの女子とデート。

生きてればいいこともあるもんだ。

「……言っちゃあなんだが、レイラの容姿はオレが出会った中で一番かわいい——いや、アシュとあの女騎士、ニーアム。あとはイグナシオ。あの3人、中身はともかく容姿は凄かったからな。

シュラはほら、明らかにちんちくりんだから除外として。

うーむ、オレが今まで会った中で一番の美人を決めるのは難しいな。

だがトップレベルであることは間違いなし！　くそ、楽しみで寝られる気がしない！」

「じー……」

ふと、背中に視線を感じた。

オレは恐る恐る振り返る。扉を指3本分開けて、水色の瞳が部屋を覗き込んでいた。

オレは柄にもなく頬を赤く染め、尋ねる。

「ど、どこから見てた……？」

「〝デートかぁ……〟、ってところから」

「いっ……!?

いや、これはアレだ違くって……！」

オレが動揺すればするほど、レイラの頬が緩んでいく。

「ふふっ、わたしも明日、楽しみにしてるね♪

エスコート、頼むよ。経験者さん」

小悪魔笑顔で彼女は言う。

パタン、と扉が閉まった。同時に、オレの男としてのプライドは崩れ落ちた。

「……寝るか」

オレはなんだか馬鹿らしくなり、あっさりと眠りについた。

第三十八話　シュラ場

デート当日。

起きてトイレに行こうと部屋を出たら扉の前にオレの服一式が置いてあった。レイラが洗ってくれたのだろう。一日で乾くのか？　と思ったが火の魔術を使えば可能か。

トイレから戻った後、オレはいつもの服装に着替えて廊下に出る。

「ふぁーあ」

欠伸《あくび》をして、柵に手をかけて階段の下を見る。

一階ではすでに、レイラが食材の準備をしていた。

——ぬかった！

オレは慌てて階段を下り、包丁を出そうとするレイラの肩を摑む。

「うわ!?

どうしたのシール君？」

「れ、レイラ！

一宿一飯の礼だ、飯はオレが作る！」
「そんな大丈夫だよ……」
「オレ、料理大好きだから。
任せてくれ！」
「そ、そう？
じゃあ任せようかな。シール君の料理、食べてみたいしね」
なんとか彼女のエプロンの紐を解くことができた。
オレは彼女が用意していた食材を確認する。
〝スイーツウッド〟の幹。
葉をめくる度《たび》、色と味が変わる、〝レインボーキャベツ〟。
地底で育つ果実、〝シャドーベリー〟から作ったお酢。
脂分の強い牛乳を生み出す〝オリーブカウ〟から搾り出した〝ミルクオイル〟。
まん丸の赤い果実。
桜の葉。
食パン。
〝プチプチ米〟。
〝イノシシニワトリ〟の肉。

見たことのない魚の骨。

オレが彼女に「なにを作る気だったんだ？」と聞くと、「オムライスだよ」と彼女は答えた。

卵、どこだよ……。

◆

スイーツウッドの幹と果実類と桜の葉を煮てジャムにする。

食パンの耳を切り取って、ジャムを挟んでスイーツ風にする。パンの耳はミルクオイルで揚げよう。

イノシシニワトリの肉とレインボーキャベツは一緒に炒めて、シャドーベリーの酢で味付け。プチプチ米はそのまま炊いてしまっていいだろう。

魚の骨は使わん。つーかこんなの、なんに使う気だったんだマジで。

とりあえず4品、朝食にはちょっと重いか？

「できたぞ」

オレは食卓で待つレイラの元へ皿を運ぶ。

レイラがフォークを持ち、炒め物を刺す。そのまま口へ運んだ。

オレはゴクリと息を呑む。〝まずい〟、そう言われる覚悟はある。

ちゃんと味見もして、オレ的には悪くない味だった。オレは舌に確かな自信がある。

だが彼女はあの壊滅的な料理を胸を張って出してくるのだ、舌が狂っていてもおかしくない。

――と、思ったのだが、

「うん、おいしい！

シャドーベリーで作った酢は味がサッパリするからくどくなりがちなイノシシニワトリの肉と相性がいい。レインボーキャベツは色の違いで味が変わるけど、どれも別々の下味を付けて整えてるね！

赤色の葉には塩、青色には砂糖、緑色に付いてるのは……ゴマ油だね」

「全部正解だ……」

ここまで正確な舌を持っていてなぜあんな料理が生まれるのか、わからん……。

食事を終え、互いに身支度が整ったところでオレとレイラは家を出た。

レイラは肩を出したこれまた白い服を着ている。露出は昨日のワンピースより多く、胸元は開けて、スカートは短くしている。女性らしい部分はきちんと出し、それでいて気品を残した恰好だ。

マザーパンクの朝は少し暗い、桜の葉で陽の光が遮断されているからだろう。

「どこから周ろうかなぁ～。

まずはやっぱり、気球かな！」

「もしかして、気球に乗って桜を上から見下ろすとか？」

「ピンポーン！

気球は最下層だよ、行こ行こ！」

「あ、おい——！」

レイラがオレの腕を引っ張り、階段を下りて下層へ向かう。

料金を払い、まずオレ達は気球に乗った。犬獣人の魔術師が魔術で火を起こし、気球を操っている。

遥か上空、あの巨大な桜の木を上から覗く。

つい「うわぁ」と情けない声を出してしまった。

一面のピンク。ピンクの葉からばら撒かれる黄金の雪——神秘的な風景が続いている。すぐ真上には雲海が広がっていた。

マザーパンクから目を離し、北の方を見ると渓谷が見えた。渓谷の周りは森、渓谷の中心には雲を突き抜けるほど高い塔が建ててある。

「なんだありゃ！」

オレは気球から半身を乗り出し、穏やかな風をその身に受けながら塔を見上げる。

「あの渓谷、特に名前はないけどみんな〝竜の城〟って呼んでる。

たまにドラゴンが出るんだよ」

「ドラゴン……」

ソーダスト島で出会った爺さんの弟、銃帝。

奴が乗っていた黒きドラゴン……あのレベルがうろうろしているとは考えたくないな。

「中心にある塔は〝雲竜万塔《ヴォルケトウルム》〟。

頂上にね、仙人が住んでるらしいよ！」

「仙人？」

「そ。〝魔喰らい〟って呼ばれる仙人が住んでるんだってさ。

わたしは見たことないけどね。名前は確かアド――なんだっけ、忘れちゃった。

――なんでも、その仙人はドラゴンやスライムを食べて暮らしてるんだって」

「……それ、仙人ってより魔人じゃねぇか？　あんなとこに人が住めるわけないだろう」

「もうっ。夢がないね、シール君は」

「まぁでも一度登ってみてぇな……あの上から見る景色は凄そうだ」

「……本気？　雲よりも高いんだよ？」

「ああ。いい暇つぶしになりそうだ」

渓谷から東に視線を運ぶとマグマ煮えたぎる火山が見えた。そのさらに奥に薄っすらと街が見える。

「渓谷に火山、めちゃくちゃな土地だな」

「火山は〝グルエリ火山〟って言って、鉱石がいっぱい採れるんだ。

そして奥に見えるのが――帝都、〈アバランティア〉……」

帝都か……。

「帝都に行くにはどういうルートを使えばいいんだ？」

「基本的には火山と渓谷の間の狭間道かなぁ」

いずれ帝都には行ってみたいからなー。

人口的に、爺さんの孫娘が一番居る可能性が高いのは帝都だろう。情報も多く集まりそうだ。

いや、つーかアレか。パールって騎士に聞けば爺さんの家の場所も孫娘の居場所もわかるかな。

「気球が終わったら次は桜アイス食べよ！

それで次はねー、あ！　やっぱりお花見は外せないよね……お弁当はどこかで買うとして――ほら、シール君！　こっちこっち！」

オレのシャツの裾をレイラが掴む。傍から見ればデートしてるように見えるのだろうが、オレは全然デートしている気分にはなれなかった。

彼女自身、どこかオレを異性としてじゃなく、別の対象として見ている気がするのだ。誰かの埋め合わせをさせられている気がする。

気球を降りて、アイスショップへ行く。オレは一文なしだからレイラにアイスをおごってもらった。桜色のアイスだ。

さっきの気球代もレイラ持ちだ。男として情けない……いずれなんらかの形で返さないとな。

オレとレイラはアイスを舐めながら、マザーパンクの街を周る。

「そうだ。シール君、錬金術って興味ある？」

「錬金術か……興味あるっちゃあるな」

シーダスト島で手に入れた錬魔石を使って新しい武器を作ってもらおうと考えていた。もしかしたら錬魔石は海の藻屑になっている可能性もあるけど、店を訪ねておいて損はないだろう。

「この街には１つだけ錬金術師のお店があるんだけど、店主がわたしの友達なの！　すっごく可愛い子なんだ。シール君に紹介してあげる」

「その言い方だと、マザーパンクの錬金術師って女なのか。錬金術師って聞くと厳ついじいさんが頭に浮かぶけどな」

「それは偏見だよ……中にはそういう錬金術師も居るかもだけど、可愛い女の子だから！」

レイラがオレの右手を握って引っ張る。

「早速行こうか！」

「ああ」

楽しい、幸せだ。美少女とこんな不思議な街を巡れるのだから嬉しくないわけがない。

いろんなことを忘れている気がするが、まぁ今は置いておこう。

「――おっと！」

街道を歩いていると、ぼすん、と腹になにかが当たった。

オレは腹に当たったのが人の頭だと感触で気づく。下を見ると、小さな金髪の女の子がオレの腹に顔を埋めていた。

「すまん。大丈夫か？」

オレは少女の肩を掴んで、離す。

「……。」

「――あ」

どこかで見た金髪女子の顔がそこにはあった。

オレにぶつかった少女はバッグを２つ背負っていて、片方はオレの巾着バッグだった。

彼女はオレの巾着バッグの紐をぎゅっと握って、オレとレイラを交互に見て眉をひそめた。

第三十九話　決闘

やってしまった。

考えうる限り最悪の再会の仕方だ。

相手《シュラ》はオレの巾着バッグを持っている。そりゃつまりオレを捜していたということだ。

もし、オレを捜す以外の目的で外を歩いているなら、宿なり他のどこかへバッグは置いてくるだろう。

金髪の少女、シュラはぎゅっと右拳を作っている。

「わたしね、昨日から寝ずにアンタのこと捜してたんだ。カーズも、イグナシオも、フレデリカもね」

「そう、なんだ……オレも、捜して――」

「なのに、アンタは見知らぬ女の子とデートしてるんだもんね。楽しそうだったわねデート！　あーあー、どうしたもんかしら？」

シュラは非常に怒っていた。

顔は笑っているけど怒気をひしひしと感じる。

「どうしたの？」

レイラが前に出て、シュラと対面する。

「あぁん？」と敵意剥き出しのシュラだったが、レイラはシュラの顔を見ると瞳を輝かせ、「きゃー！」と抱き寄せた。

「ぶっ！！？」

レイラの開けた胸元にシュラの顔が埋まる。

「え〜！　くぁわいいこの子！

誰？　誰なのシール君！　早く紹介して〜！」

足をパタパタと動かして抵抗するシュラ。

レイラはシュラを逃がすまいと抱きしめ続ける。

「くっ！　コイツ……なんて赤魔《せきま》──!?」

シュラがレイラを引きはがせない。

体勢的不利があるとして、あのシュラが抜け出せないだと?

「えっと……レイラ、一旦離してくれるか？　話が進まん……」

「あ、ごめんごめん。

わたし、可愛い存在が全面的に好きだから、ついね……」

　レイラがシュラを解放する。

　シュラは咳き込み、「もういいわ」とため息をつく。

「責めるのもめんどうくさくなってきた。

　はい、アンタのバッグ」

　シュラがオレに巾着バッグを渡す。

「拾ってくれてたんだな、マジで助かるぜ」

「お礼はアシュに言いなさい。

　あの子が魔術で拾ってくれたのよ」

「そういや他の面子が見当たらないが……」

「みんな別の場所でアンタを探してる。

　一生懸命ね！」

「……はいはい、オレが悪かったって」

「ふんっ！

　早く合流するわよ」

「まぁ待て。その前に一応確認をな」

　オレは巾着バッグを漁り札が無事であることを確認する。

　魔術の加護を受けていないバッグは濡れていたはずだが、アシュかフレデリカが昨日の内に乾かしてくれていたようだ。

オレは〝獅〟と〝祓〟と〝死〟の札を手に取り、1枚1枚傷がないかを見て再びバッグにしまった。

「封印物は無事だな……」

「――――っ！！？」

ざわ、と隣から殺気に似たなにかが発せられた。

『――ッ！』

オレは防衛本能からすぐさま右の少女から距離を取った。シュラも同様の動きをした。

オレとシュラは並び立ち、殺気の元の少女と向かい合う。

レイラは一切笑っていない瞳で、オレをジッと見ていた。

「レイ、ラ――？」

「コイツ……！」

シュラがオレの側から姿を消し、レイラに向けて空中回し蹴りのモーションに入った。

「待てシュラ！」

「喰らいなさい！」

赤い閃光が走る。

「なにっ!?」

シュラの空中回し蹴りは、レイラの右腕一本に止められた。

「……っ！」

受け止めたレイラの表情が歪む。まったくダメージが入ってないわけじゃなさそうだ。

しかし、あのシュラの蹴りを片腕で――

「ちっ！」

シュラがオレの前に着地する。

そのままもう一度跳ねようとしたのでオレは慌ててシュラの肩を押さえた。

「落ち着け馬鹿！　コイツは敵じゃねぇ！」

シュラが動きを止める。

レイラは右腕を下ろし、まっすぐオレを睨んだ。

「ねぇ、シール君。君、ひょっとしてだけど……封印術師って、知ってる？」

なんだ、体が震える。

コイツ、なにかヤバい――

「知ってるもなにも、オレは封印術師だ」

おぼろげだった敵意が、確定的になる。

「誰に、教わったの？」

尋問のような口ぶりで彼女は言う。

オレは訳がわからず、素直に答えた。

「バルハ＝ゼッタっていう、爺さんだ」

彼女は面食らった顔をする。目を見開き、瞳から光を消した。

肩を震わせ、拳を握り、オレの顔を下から睨む。

「あ、そうだ」

オレは話を変えようとバッグの中の封筒を取り出した。

軽い話題作りのつもりで、この空気を変えたい一心で。

「ほら、昨日言ったろ、探してる奴が居るって。

今からそいつの名前を……」

封筒の表を見て、そこに書かれた名前を見て、オレは絶句する。


——〝レイラ＝フライハイト〟。


「お前——」

オレは自然と頬を緩ませた。

「なんだお前、爺さんの孫娘だったのか……！」

自分の鈍感さに驚く。

道理で懐かしい匂いがしたわけだ。
よくよく彼女の顔を見てみると爺さんの面影がある。
「……うん、そうだよ。
わたしは、バルハ＝ゼッタの孫だよ」
なぜ今まで気づかなかったのだろうか。
髪色も、目つきも、爺さんそっくりじゃねぇか。
「爺さんがな、牢屋でお前宛てに手紙を書いたんだ。
あの爺さんめちゃくちゃ悩みながら書いたんだぜ。
よかった、届けることができて……！」
「手紙？」
「そう、この手紙だ。受け取ってくれ！」
オレが封筒をレイラに差し出すと、レイラは封筒を手に取り、

――真っ二つに破った。

一瞬、なにが起こったかわからなかった。
「おい――」

それから2つに分かれた手紙をつまみ、もう一度破り、4分割にして、それをまた――

「やめろ――」

オレは相手が女性にもかかわらず、思い切り力を込めて腕を掴んだ。

「やめろテメェッ！！！」

ピリッと空気が弾けた。

通行人の足が止まる。

状況を飲み込めていないシュラが、オレとレイラの顔を交互に見て慌てている。

「お前……お前ッ！！！

爺さんがこれを書くのにどれだけ――！」

「わたしには、死ぬほど憎い相手が居るって言ったよね？」

――『シール君はさ、死ぬほど憎い相手って居る？』

「わたしの一番憎い存在――それがね、おじいちゃんなんだよ。シール君」

冷たく、暗い言葉。

冷淡な瞳で彼女をオレを見る。

「そして、同時に封印術師という存在を、わたしは許せない」

彼女の手から、ポロポロと手紙の切れ端が落ちる。

「あの人が人体実験なんてしたから……騎士団長様の奥さんを殺したから、わたしは騎士になる夢を断たれた。帝都の魔術学院からも追い出された。あの人が、あの人が全てを壊したんだよ」

彼女の光のない瞳を見て、彼女の暗く閉じた心の内を悟る。

「本当に、爺さんが罪を犯したと思ってるのか……！」

「うん。あの人は、一度だって弁解はしなかった。なにを聞いても、言葉を返さなかった……」

なぜ、爺さんがあそこまで手紙になにを書くかで悩んでいたか、わかった気がした。

この状態の孫娘に送る手紙なんて――

「シール君。今日さ、わたし、君にいっぱい奢ったよね。その借りを返してくれる？」

「……。」

「一週間後、わたしと決闘しなさい。

――〝シール＝ゼッタ〟……」

シール＝ゼッタ。

あの人の弟子としてのオレを、彼女は見ている。

「もし、わたしが勝ったなら……二度と、封印術師と、あの人の弟子と名乗らないで」

淡々とした口調に、一筋の怒りが宿る。

「わたしが勝ったなら、未来永劫、あのクズの名前を口にしないで」

オレは地面に散らばった手紙の切れ端を拾い集める。

土を払い、その切れ端を右手の内に全て収める。

「いいぜ、やってやるよ。決闘。負けたら封印術師をやめてやる」

「シール!?」

——腹が立った。

純粋な、怒りの感情。

彼女は過去になにかがあったのだろう。計り知れない過去があったのだろう。深い事情があったのだろう。

だがそれでも、この手紙を、爺さんが書いた手紙を、容易に破り捨てた彼女が許せなかった。

どうしようもなく——

——『ふふっ、すまない。ちょうど君と同じ年ぐらいの孫娘を思い出してね……』

どうしようもなく——

——『若い娘が喜ぶ文章とは、どんなものだろうか』

許せなかった。

「その代わり、もしオレが勝ったら——」

オレは手紙を握りしめた拳を前に出す。

「この手紙、読んでもらうぞ……!」

レイラは真っすぐオレを見据えて、唇を震わせる。
「前に、君に言ったよね。君が、わたしの大好きだった人に似てるって。
――前言撤回。君は……わたしが大嫌いな人によく似ている」

第四十話　離別

黄色の雪が降り注ぐ地。

そこでオレは彼女と出会った。

レイラ＝フライハイト。

オレの師、バルハ＝ゼッタの孫娘に……。

彼女は爺さんのことを深く憎んでいた。

弟子であるオレにまで憎しみを向けるほどに。

「場所はマザーパンク第一層、古《いにしえ》の闘技場〈カタロス〉……時間は」

ゴーン……と重く、芯にまで届く鐘の音が響いた。

昼の終わりを告げる鐘の音だ。

「今と同じ時間。この鐘が鳴る時、でいいよね？」

「あぁ、それで構わない」

「逃げないでよ。シール君……」

レイラがマザーパンクを下りていく。

「待てよ」

オレはレイラを呼び止める。

「一応伝えておく。爺さんは死んだぞ。もう一か月も前にな」

「……。」

レイラは言葉を返さず、階段を下りていった。

オレは手紙を握った拳を開く。手にはビリビリに破けた手紙がしわくちゃになって残っている。

「ちょっとその手紙、見せなさい」

シュラがオレの右手の上で両手を広げた。

シュラの手から白い魔力が流れてくる。

――再生の魔力。

手紙はあっという間にくっつき、直っていった。

「おお！

お前の副源四色、白だったのか！」

「そうよ。元の形がわかってればこれぐらい再生できるわ。

それでどうするつもりよ？」

「どうするって、勝つしかねぇだろ」

「アンタ甘く見ない方がいいわよ。あの女、相当強い。さっき抱きしめられた時異質な魔力を感じたわ。やばい匂いがする」

同感だ。

料理の際に披露した器用な緑魔操作。

シュラの蹴りを片腕で受け止めるほどの赤魔。

形成の魔力、強化の魔力。どっちも使える万能型。

だって爺さんの孫娘だもんな……弱いはずがない。

「しっかりしなさいよね！　バルハ＝ゼッタの家の場所、あの女に聞かないといけないんだから！　アンタが勝たないと聞くに聞けないわ！」

「今聞きに行けばいいだろ、お前が相手なら教えてくれる――こともないか。爺さんの名前出しただけでキレそうだもんな。安心しろシュラ、アイツ以外で爺さんの家の場所を知ってそうな奴に心当たりがある」

「ほ、ホントに？」

「ああ。騎士団の支部所に行くぞ。そこに爺さんの知人が居るはずだ」

「ちょっと待った。その前に行くところがあるわ」

オレは〝なんだ？〟と言おうとして思い出す。

あの3人のことを。

◆

カーズ、イグナシオ、フレデリカ。

ばらけた3人を集め、オレ達はマザーパンクの最下層まで下りた。

小さな門を越え、街の外へ出る。

広がる野原。

整理された草木が刈られた道が何本か引いてある。

オレとシュラ、対面してカーズとイグナシオとフレデリカが立つ。

「そう、ですか……お師匠さんの孫と決闘を……」

オレが最低七日間、この街から離れられないと告げると、3人は頭を悩ませた。

「わりぃ大将。さすがに七日間の足止めはきついぜ。俺はいち早くギルド街に行きたいんだ」

「すみません。私もギルドに戻らないと……」

「ぼくも、マザーパンクではなく帝都で騎士団に入隊したいので。

急ぐ話でもありませんが、ここに長く滞在するつもりは……」

「そうか。なら仕方ないさ。

ここでお別れだな。シュラ、お前はどうする？」

「残るに決まってるでしょ。

なんにせよ、まずはアンタの心当たりって奴に会ってみないと」

二対三に分かれることになるか。

コイツらと最悪でも帝都まで一緒に旅ができればよかったけどな。

「ま！　ここで別れても俺達はなんとなく再会する気がするぜ」

「ふんっ！　このガキ大将と同意見なのは不本意ですが、ぼくもまた貴方達とは会う気がします。

――達者で。シール、シュラちゃん」

「また、ご縁があればよろしくお願いします。アシュさんにも、よろしく伝えておいてください
……」

カーズが肩を組んでくる。

「次、会う時までには大将に追いついてやる。ぼさっとしてたら、追い抜くぜ」

「オレだってこれから強くなる。そう簡単に追いつかせはしねぇよ」

「へへっ！　そう来なくっちゃな！　またな、大将」

3人はマザーパンクを出て、帝都に向かって出発した。

オレとシュラは手を振って3人を見送り、つま先をマザーパンクの内側へ向ける。

「結局、お前と2人っきりか」

「ふ、2人じゃないでしょ！　アシュも入れて3人よ」

どこか口ごもりつつシュラは言う。

「そうだったな」

「さ、早く行くわよ。騎士団の支部所にね」

第四十一話　シール&シュラVS竜の門

通行人に聞くところによると、騎士団の支部所は最下層の東にあるそうだ。

オレとシュラは最下層を東に向かって周る。するとすぐに竜の紋章が描かれた石の門を発見した。

左右に木の柵が広がっている。

二階建て……いや三階建てか。

柵の隙間から見える支部所は当然のように木造りで、敷地内に花壇を置いていて騎士団特有の圧力が薄い。

この支部所を作った人間の計らいなのだろう。足を運びやすい雰囲気だ。

しかしそんな計らいも威圧的な門とその門番のせいで台なしである。

門番は2人。片方は背に槍を携えるハチマキを付けた男。もう片方はオールバックの目つきの悪い男で、細長いハンマーを背負っている。

オレは門番の騎士2人にパールに会いに来たと伝える。すると2人の騎士は目を細め、オレを見下ろした。

「ふざけるな！　パール大隊長に約束《アポ》もなしに会いに来るなど言語道断！」

「パール大隊長がお前らのような薄汚いガキの知り合いなわけないだろ。さ！　帰った帰った」

コイツら、封印してやろうか。

「ぶっ飛ばす？　ねぇ、ぶっ飛ばすの？」

シュラが指をコキコキと鳴らしながらオレのGOの合図を待っていた。

オレは殺気立つシュラを見て逆に冷静になった。

「ぶっ飛ばさないよ。一旦退くぞ。また時間をおいて――」

「むぅ？　なにを揉めておるのだ？」

門の先、渋い声が響いてきた。

厚めの重装備、竜のマント。

騎士らしく、髪形を整えたオッサン。

間違いない、オレがディストールの牢屋で出会った4人の来訪者の内の1人、パールその人だ。

「それがですね大隊長」

「この少年がアナタの知り合いだと……」

パールはオレを視界に入れると、堅い騎士らしい表情を崩した。

「君は……!?」

パールの驚いたような表情。

よかった、どうやらあっちもオレのことを覚えてくれていたようだ。と、思ったのだが、

「ふむ」

パールは一息つき、なにやら顔を下げて考え込む。

「うむ！」

パールは顔を上げると、にぃっと口角を曲げた。

「ムール、マガイ」

「「はい！」」

門番２人が踵を合わせる。

ムールとマガイ、それがこの２人の名前のようだ。

パールはオレとシュラのちょうど中間を指さし、声高に叫ぶ。

「そこに居る２人は今マザーパンクを騒がせる食い逃げ兄妹！　即刻捕まえるのだっ!!」

「え」

「はぁ？」

門番２人の顔つきが変わる。

ハチマキ男は槍を手に取り、オールバック男はハンマーを両手で握った。

「オイオイおっさん。

こりゃなんの冗談だ？」

「食い逃げはよくないぞぉ！　少年」

あの眼……なんとなく、奴の狙いは読めた。

野郎、オレの実力をこの2人を使って試す気だな。

「上等だこの野郎……！」

オレはバッグを地面に置き、〝獅〟と書き込まれた札を右手の指に挟む。

視線を左下に落とすと、シュラが目元に血筋を走らせパールを睨んでいた。

「お兄ちゃん、なにか策はあるかしら？」

「オレが槍使いをぶっ飛ばす。お前はハンマー使いをぶっ飛ばす。これ以上の作戦がいるか？　妹よ」

「いらないわ。あの髭ジジイ……絶対ぶん殴るっ!!」

先に飛び出したのは槍使い。

槍使いのハチマキ男は突きを繰り出してオレに飛び掛かる。

オレは軽い足取りでバックステップを踏みながら槍を躱した。

「今の動き、ただの食い逃げ犯じゃなさそうだなぁ！」

槍を構え、ジッとオレを見つめる槍使い。

「獅鉄槍、解封《オープン》」

オレは札から槍を取り出す。

すると槍使いはもう一歩距離を取り、焦りを走らせた瞳でオレの手元の槍を凝視した。

「召喚術か!?　いや、それにしちゃタメがなさすぎるっ!」

「良い槍さばきだ。でもな、オレはお前以上の槍使いを知ってるぜ」

強化の魔力を使えなかった分、カーズの方が威力も速度も低かったが、槍の扱い方、この一点に限るならカーズの方が上手《うわて》だった。

「ふんっ!」

槍使いが地を蹴り近づいてくる。

カーズ以下の槍さばき、シュラ以下の速度、捉えるのは簡単。

奴の槍の間合いに入る前に、潰す。

「伸びろ」

形成《緑》の魔力を込め、獅鉄槍を伸ばす。そのまま横薙ぎ一閃。

強化《赤》の魔力を込められていない獅鉄槍の伸びた柄はしなり、鞭のような軌道で槍使いの頬を柄で叩いた。パチン!　と軽い打撃音が鳴る。頬を叩かれた槍使いの焦点が乱れた。

オレは獅鉄槍を一度元の長さに戻し、石突を槍使いに向ける。

今度は緑魔と赤魔、どっちも込めて槍を伸ばす。強く伸びた獅鉄槍の石突は槍使いの腹に激突、勢いのまま門の側の柵に槍使いを叩きつけた。

「ぐえっ!?」

「ゲームヒットだ。暇つぶしにもならんかったな」

時同じくして、空を舞って1人の男が門の正面に落下した。ハンマー使いの門番である。

シュラが手をパンパンと叩き、「余裕ね」と顎を上げる。

オレとシュラは並び立ち、パールに視線を向ける。

「次は……」

「アンタよ！」

余裕な面持ちのパール。

オレとシュラはオッサンの表情にムカつき、同時に地面を蹴った。

同時に動き出しても、当然の如く先にオッサンに到達するのはシュラ。

「二度と働けない体にしてやるわ！」

背景が歪むほどの赤魔。

正真正銘、本気の右拳だ。

「それは困る」

「……！」

シュラの渾身の右拳。

しかしそれは、音を立てることなくパールの左手の掌底に止められた。

「私には妻も子も居るのでな！」

パールが右拳を握る。巨大に膨れ上がった赤魔が一瞬にして小さく凝縮し、パールの拳に集まった。

「くそっ！」

シュラが影になってパールに攻撃を差し込めない。

パールの右拳、それが目にも止まらぬ速度で繰り出される。

だがシュラはそんな馬鹿みたいな速度の拳を跳ねて躱し、地面を砕いて距離を取った。

「ほう！　やるなぁ！　素晴らしい反応速度だ！」

「髭ジジイ……！　このっ！」

シュラが立ち止まるオレの横に着地する。

「……インファイターだな。近づくと危険だ」

「わかってるわ。遠距離が得意なアシュの方が良さそうだけど変わるまでまだ時間がある。それまで時間を稼ぐわよ」

「ああ、わかった」

シュラの機動力を活かせば、逃げ回るのは不可能じゃない。

「すまんなぁ！　そう怒らんでくれ！　君たちの実力を試したかっただけなのだ」

パールは腰に2本の剣を差している。

片方は緑の錬魔石が鍔元に埋め込まれた剣、もう片方は赤の錬魔石が鍔元に埋め込まれた剣。

パールはその内、緑の錬魔石が埋め込まれた剣を抜いた。

「しかし、よいのか？　そこで立ち止まってしまってなぁ。そこ、間合いだぞ？」

「あぁ？」

パールは剣を振るった。


「斬風《ざんぷう》」


オレとシュラは剣の間合いより五、六歩離れていた。にもかかわらず、

「――っ！」

「どうして……！」

オレとシュラは斬撃を浴びた。

正確には剣から放たれた透明な斬撃を浴びた。

宙を漂いながらオレは斬撃の正体に目星をつける。

「風か……！」

恐らく、形成の魔力を流し込むことで風の刃を発生させる魔成物――

「ぐっ……！」

地面に背中から飛び込むオレとシュラ。オレを見下ろしながら、パールは屈託のない笑顔を浮か

べ手を差し伸べてきた。

「まさか私の部下をこうも簡単に倒してしまうとはなぁ！　見違えたぞ！　牢で出会った時より遥かに成長している!!」

「ったく、やっぱり覚えてんじゃねぇか。面倒な試験しやがっ――て!?」

オレがパールの手を握ると、パールはオレの手を引っ張り抱き寄せた。

「よくぞここまで来たぁ！」

ゴツゴツとした鎧が肌に食い込む。

――気色わりぃ！　つーか、

「いただだだだだっ！！？」

鎧……鎧が痛いっ！

「うおおおおおおっっ！！！　また会えて嬉しいぞ少年んん！！！」

シュラが「げ」と引いた声を漏らした。

「ぐっ……！　苦しいし鎧がいてぇよ！　離れろ、オッサン……！」

オレはパールを両手で押し飛ばす。

腕を組み、がっはっは！　と笑うオッサン騎士。
「さぁ我が城へ入りたまえ！
歓迎しよう！　若き封印術師とその仲間よ！」

第四十二話　〃許さない〃

正門を越え、オレとシュラは応接室に案内された。

ソファーに腰を落ち着け、運ばれて来たカップを掴みコーヒーを口に運ぶ。めちゃ苦い。

左隣にはシュラが座り、正面にはパールが座っている。

「やはり、バル翁《おう》は亡くなってしまったか……」

ズズ、っとパールは鼻をすする。その顔は今にも泣き出しそうだった。

オレは第一に爺さんの死をパールに伝えた。やっぱり、爺さんが死んだ情報はあまり出回っていないようだ。親族であるレイラが知らない様子だったしな。

「だがよかった。君が看取《みと》ってくれて」

「爺さんは安らかに眠ったよ。決して酷い死に方じゃなかった」

「うむ！　感謝する！　それはきっと、君のおかげだろう」

パールが頭を下げる。

深く、テーブルに額を打ち付けるほどに。

「おいおい……」

オレは慌ててパールの肩を摑む。

「やめろって！　別に大したことしてないから！

アンタお偉いさんだろ？　そんな簡単に頭下げていいのかよ！」

「本当に感謝しきれんのだ！

あの、偉大な男を、孤独に送らなかった君の功績は大きい！

本当に……本当に……！」

震えるパールの声。

このオッサンは……どれだけ爺さんのことを尊敬していたのだろうか。

爺さんは一体、何者なんだ。

こんな騎士団のお偉いさんにここまで尊敬される爺さんは、一体どれだけのことをしてきたんだ
……

「なんか感動の話の途中で悪いけどさ、アンタに聞きたいことあるんだけど」

沈んだ雰囲気などお構いなし。

シュラは早速本題を切り出すようだ。

「バルハ＝ゼッタの家の場所、私が聞きたいのはそれだけよ」

「なぜバル翁の家に？」

パールは頭を上げる。

「呪いを解くためよ。そのための手掛かりがそのバルハ＝ゼッタっていう人の家にあるかもしれない」

呪いを解く。

それを聞いた時、シュラは普通の人間は笑うと言った。もしくは驚くか、どちらかだろう。

だがパールはそのどちらでもなく、ただただ瞳を鋭く尖らせた。

「――なるほど、確かにバル翁は呪いを解く方法を追い求めていた。ヒントはあるかもしれぬ」

「ホントに!?」

「だが、もし呪いを解く方法があったとして、簡単な道ではないぞ……決して」

その言葉には忠告の意が含まれた。

シュラの目的は否定せず、かといって肯定もしない。シュラはパールの鋭い視線に息を呑むが、すぐに笑って切り返す。

「覚悟の上よ！」

「うむ！　よくぞ言った！」

パールはすぐに元の穏やかな顔に戻った。

「バル翁の家は帝都にある。後で帝都の地図に場所を書いて渡そう」

「助かるわ」

「となれば、シール殿も帝都に向かうのか？」

「〝殿〟はやめてくれ。シールでいい。

そうだなぁ、オレも帝都に行くか。爺さんの家は気になるし。だが、ちょっとこの街でやることが残っているから出発は一週間後くらいになるかな。

――どうするシュラ、お前、先行ってるか？　今ならカーズたちに追いつけるだろ」

「私も一週間後でいいわ。あの女とアンタの決闘、興味あるしね」

オレとシュラの会話を聞いてパールは「決闘？」と顎を指で撫《な》でた。

「ふぅむ、もしよければ、事情を聞かせてもらえるか？」

「あぁ、それが……」

オレは爺さんから受け取った手紙のことと、レイラと決闘の約束したことをパールに話す。

パールは涙ぐみながら、オレの肩を叩いた。

「亡き師のため、孫娘に手紙を届けるか――素晴らしい！

しかしだなぁ、レイラ嬢はちと、手ごわいぞ」

「えっと、ノンタはオレの味方……でいいんだよな？」

「そうさな……その話を聞いてしまえば君の方に付かざるを得ない。

レイラ嬢を闇から救い出せるのはやはりバル翁しか居ないだろうからな……。

その手紙が、きっかけになってくれればいいが」

「早速レイラについて教えてくれ。なぜアイツはあそこまで爺さんを憎んでいる？」

「うぅむ。わかった、全て話そう」

パールの話はオレがカップのコーヒーを全て飲み終えるまで続いた。

レイラ＝フライハイト。

帝都最大最高の魔術学院〝ユンフェルノダーツ〟の首席候補まで上《のぼ》り詰めた天才魔術師。

彼女の夢はイグナシオと同じ、騎士団長だった。騎士団直下の魔術学院である〝ユンフェルノダーツ〟の首席になればスタートから小隊長になれる。彼女はその資格を取るために首席を狙い、日々熱心に勉学に励んでいた。

ちなみに帝国騎士団の組織図は騎士団長（1人）↓親衛隊（5人）＝大隊長（3人）↓中隊長（9人）↓小隊長（約100人）↓一般兵（約5000人）↓訓練兵（約2000人）という順番に並んでいる。このマザーパンクに居る騎士たちは地方騎士団という括りに分けられ、また別個で役職があるらしい。基本的に力関係は帝国騎士団∨地方騎士団だそうだ。パールは帝国騎士団でこの地方騎士団の指揮を任されているそうだ。

小隊長と一般兵の差は大きく、はじめから小隊長になれる、という条件は破格だった。といっても大抵はすぐに実力不足・指揮力不足で降格される。だがパールが言うにはレイラならば降格されるようなことはなかっただろう、とのことだ。

レイラの人生は順風満帆に進んでいた。

祖父が、投獄されるまでは。

爺さんがある日、魔術の開発に使っていた研究所に訪れると見知らぬ死体が並んでいたそうだ。

ほとんどが騎士団の関係者だったらしい。

爺さんは騎士団関係者を襲い、解剖した大罪人として手錠を掛けられた。

「騎士団の関係者の多数が被害に遭った。その中には騎士団長の妻も居た」

「濡れ衣だろ！

爺さんがそんなことするはずがねぇ！」

「バル翁は言っていた。騎士団上層部に魔人が居ると。そしてその魔人が自分を嵌めたのだと。私の予想では、恐らく中隊長以上の誰かが……」

「ちょっと、シーダストでも騎士団が関わっているって話だったでしょ。どれだけ闇深いのよ、アンタら」

「いずれ、帝都に出向いて一斉捜査をするつもりだ。そのための準備を先日済ませておいた。バル翁の無念を晴らすためにも、いち早く騎士団の闇を暴かなくてはならない。

さて、話を戻そうか。騎士団の関係者が多く巻き込まれた事件だったゆえ、騎士団直下の魔術学院にもすぐさまその話は流れた。この事件をきっかけに、バル翁の孫娘だったレイラ嬢に対し酷い仕打ちが始まった」

所謂《いわゆる》いじめというやつだ。

レイラは元から、その強さから嫉妬の対象だった。事件が起こる以前から多少の陰口は叩かれていたらしい。

だが人間は大義名分がなければ、正義の理由がなければ、過激なことには踏み切れない。

その大義名分が、できてしまった。

溜まりに溜まった嫉妬の火は『正義』を薪にして、容易に1人の少女の心を焼いた。

レイラは魔術学院の生徒、教師、そして騎士団からも白い目で見られた。

やがて不当な方法で成績を操作され、落第。適当な理由で退学処分にされた。

レイラは帝都に住むことに耐え切れず、穏やかな心を持つ者が多いこのマザーパンクにやってきた。パールの指揮下にあるこの街の騎士団は決してレイラを疎まなかった。

レイラは何度も爺さんのところまで面会しに行ったらしい。

ディストールに搬送される前の時期だろう。

『おじいちゃん、わたしは信じてるよ。だから全部話して』

『お願い、わたしは大丈夫だから……違うって、なにもやってないって、言ってよ……』

『おじいちゃん、おじいちゃん……どうしてなにも言ってくれないの？』

爺さんは、レイラにはなにも語らなかった。

「バル翁はきっと――」

「言わなくてもわかるさ。

アイツを巻き込みたくなかったんだろう。変ないざこざに……」

爺さんが無実だと主張すれば、きっとレイラはそれを証明するために騎士団の暗部に切り込んだだろう。それがどれだけ危険な道でも。それは爺さんが望む選択じゃない。

レイラはなにひとつ語らない爺さんを、ついに見限った。

レイラは、自分の祖父の罪を認めた。認めてしまった。


『許さない。おじいちゃんのこと、絶対許さないからっ……！』


それが、彼女が最後に爺さんに言った言葉だったそうだ。

「……。」

沸々と、怒りがこみあげてくる。

全部、爺さんを嵌めた野郎のせいだ。

どこの誰かは知らないが、覚悟しておけ。テメェが踏みにじったモン、全部責任取らせるからな……。

「この決闘、是が非でも負けられねぇな」

「レイラ嬢は強い。
赤・緑・青の主源三色、その全てに秀でたオールラウンダーだ。
同世代ではずば抜けている」
「副源四色は？」
「――虹色、自由の魔力」
虹色の魔力。
副源四色の中で最も珍しい魔力。
確か、他3つに分類されない魔力がそこにカウントされるんだったか。
「そっか。
あの女から感じた異質な魔力、あれが虹色の……」
「虹色の魔力は千差万別。
彼女の魔力の色は知っているが、詳しい魔力の質はわからぬ」
「同じ虹色の魔力を持っている奴でも、その魔力の特性はまったく違うんだよな？」
「その通り！
虹色の魔力は他の副源色で分類不可のモノをそう呼んでいるだけだからな」
未知の魔力。
破壊、再生、支配で分類できない、彼女だけの魔力――

「オッサン。オレはアイツに勝てると思うか？」

「勝てぬだろう。

地力の差もあるが、厄介なのは彼女が封印術の能力をある程度把握していることにある。だが君は彼女の副源四色の特性を知らない。せめて情報面で差があれば搦め手でなんとかなったかもしれぬが……厳しいな」

「だよな。オレもかなり分が悪いと踏んだ」

「すまないが、正直一週間、なにかをしたとして埋まる差とは思えん……」

「ま、小さい時から魔術を学んでいる奴にぺーぺーのオレが真っ向勝負で敵うはずもないか」

と言っても、諦めるわけにはいかないけどな。

「そういえば聞いたことなかったけど、
アンタって魔術を習ってどれくらいになるの？」

「ん？　半年と少しだ」

「半年――」

シュラは腰を上げ、オレの胸倉を摑んできた。

「半年!?」

「おいおい！

いきなりなんだ!?」

シュラの唇が、鼻先に付きそうなぐらい接近する。

「馬鹿な……！」

シュラとパールがこめかみに汗を滲ませる。

反応を見るに、凄いこと……なんだろうか。他の魔術師の基準がわからないから判断がつかない。

「ふっ、フハハハハハハハッ‼」

パールが突然、笑い出した。

「嘘、でしょ？　たった半年で、あんな複雑な術を……。

不意をつかれたとはいえ、私が、たった半年しか魔術を学んでいない奴に負けたって言うの？」

「なるほど。なるほどなぁ！

希望はあるなぁ！」

パールは立ち上がり、拳を天に突き立てた。

「我が家へ来い！　シール＝ゼッタ！　君をレイラ嬢のレベルまで押し上げようではないか！

この私がなぁ‼」

「……そりゃ助かるが、お手柔らかに頼むぜ」

妙にやる気満々のオッサン騎士に不安を抱きつつも、オレはパールの指導を受けることにした。

第四十三話　退屈な修行と楽しい修行

パールは秘書に残りの仕事を任せた後、オレ達を自宅へ案内してくれた。

マザーパンクのちょうど真ん中辺りの層にパールの家はあった。

大隊長ってだけあって二階建ての大きな家だ。

「少し遅いが、まずは昼食をとるぞ。

妻が料理を用意してくれているはずだ！　妻の料理は絶品だぞ〜！」

「絶品、ねぇ……」

確か〝アカネさん〟だったか？

レイラの料理の師匠だという話だ。あのレイラのな。

——あまり期待しないでおこう。

「シール」

シュラがオレの外套の袖を掴む。子供が父親の服の袖を掴むように。

「どうしたシュラ？」

「そろそろ代わるわ」

「あー……はいはい」

「む？　どうかしたか？」

「驚くなよパール。ビックリショーだ」

ボン！　と白煙が舞い散った。

「はよー」

シュラが姿を消し、金髪の魔術師アシュが姿を現した。

シュラの衣服を引き継いでいるせいで下腹部は露出。全体的にピッチピチで、体のラインがはっきりと見える。

アシュはリボンを結び直し、ポニテを作る。

「これは……!?」

パールがアシュを見て頭を掻いた。

アシュラ姉妹の切り替えを見りゃ誰でも驚く。だが、パールは他の奴とは少し違った反応だった。

「君は太陽《ラー》神の呪い子か！」

「うん」

「もしや、呪いの里〈フルーフドルフ〉の出身か？」

「そうだよ」

「――よく、シャノワール殿が外に出ることを許したな……」

「里長《さとおさ》は許してない。わたしたち、勝手に出て来たから」

パールはアシュラ姉妹の呪いについても、コイツらの故郷についても知っているようだ。

オレの知らない単語が2つほど出たな。〈フルーフドルフ〉、それが2人の故郷なのか。そんでシャノワール、そいつがくだらん風習を続けている里の長みたいだな。

「奇遇にも、太陽神《ラー》の呪い子が封印術師と共に居るとは。

――因果なものですな、バル翁」

パールは寂しそうに笑った。

オレの知らない感動ポイントがあったようだ。

「あら？」

カランと、扉に付いた鐘が鳴る。一階の扉が中が見えない程度に開かれた。

扉の先、そこから聞こえたのは上品な女性の声。扉の隙間からオレ達の姿を見ているようだ。

鐘が大きく鳴り、扉が完全に開かれる。

現れたのはエプロンを着けた女性だった。

「なんだと――」

オレは驚きの声を発する。

なぜならそこに立っていたのは豊かな毛並みの――獣人だったからだ。

「もふもふっ！」

アシュが瞳を輝かせて右手の人差し指を現れた獣人に向ける。オレは「失礼だぞ」と、そっとアシュの右手を下ろさせた。

二足歩行、人間と同じ体格だがその顔は――猫。猫獣人だ。フサフサの耳、白色の体毛を全身から生やしている。頬には左右対称に3本ずつの髭が伸びている。

柔らかい顔立ちや胸が出ていることから察するに女性だとわかる。

獣人だがその雰囲気は艶やかで、気品に溢れている。

パールが「おお！」と猫獣人に手を振った。

まさかとは思うが――

「私の妻だ！」

「マジか……」

人間と獣人の夫妻。

いや、まぁ、世界中のどこかにはそういう組み合わせもあるとは思っていたけど……まさかこんな近くに居るとは。

「あらあら、そちらはお客様かしら？」

「可愛い……！耳がぴょこぴょこしてる……」

アシュがオレの服の裾をぐいぐい引っ張る。もやしを見た時と同じぐらい目がキラキラしている。

「はっはっは！　例に漏れず困惑しておるな！」

「しない方が無理があるだろ……」

「獣人は魔物として数えられる種もいるが、彼女は〈猫神種《バステト》〉と呼ばれるれっきとした清き獣人だ。怖がる必要はない！」

あんまり驚き続けるのも悪いと思い、オレは『こういう家庭もあるか』と常識を塗り替え、パールの後ろに付いて家に上がる。

廊下の途中で〝ディアの部屋　無断立ち入り禁止〟というドアプレートがぶら下がった扉があった。確かパールは子供が居ると言っていた。2人の子供の部屋だろうか？

2人の子供――どんな姿なのだろう。普通の人間だったり、もしくは獣人だったり、はたまた足して2で割ったような姿なのか。気になる。

「それにしても可愛いお客さんね～。お名前、聞いてもいいかしら？」

「シール＝ゼッタです」

「アシュ！」

「シール君にアシュちゃんね。ごめんねー、先にお客様が来るってわかっていたらもっと良い物作ったんだけど……」

「はっはっは！

大丈夫だ！　君の料理はなんでも美味しい！」

「やだも～、あなたったら」

人間と獣人の夫婦だから、どこか普通の夫婦と違う点でもあるのかと思ったけど、そんなこともなさそうだ。

「……夫婦円満だこと」

リビング、椅子がちょうど4つある長方形の食卓がある。

オレとアシュは並んで座る。食卓の側には窓があり、桜の葉の隙間から溢れる陽ざしが差し込んでいた。

「どうぞ。座って座って」

オレは窓側の席をアシュに譲る。

食卓に運ばれてくる皿。オレは立ち上がって皿を運ぶのを手伝った。「まぁ、偉いのねー」と猫獣人《奥さん》は穏やかな笑顔を向けてくる。うん、パールに似た優しい笑顔だ。そして純粋に生物として可愛い。頭を撫でたくなる。

食卓に食事が並んだところでオレは席に着く。正面にはパール、その隣に奥さんが座った。

「すぅ……」

一滴の緊張。

目の前の料理の数々はどれも美味しそうだ。しかし、そう思って裏切られた苦い経験がオレにはある。

「いただきます……」

「いただきます」

「どうぞどうぞ♪」

深呼吸だ、深呼吸。

メシ、怖くない。メシ、怖くない。

「すぅ、はぁ、すぅ、はぁ！」

「シール、なんでそんなに汗かいてるの？」

オレは恐る恐る豚肉をフォークで刺し、口に運んだ。

「んんっ!?」

柔らかい食感と共に口の中で弾ける肉汁。

顎の力を使うことなく簡単に噛み切ることができ、喉にツルンと肉が通り胃に溶けていく心地いい感触――

よかった。

普通に美味い。

「アカネさん、でしたっけ？」

「あら、名前……教えたかしら？」

「いや、アカネさんの弟子から名前は聞いていたんです。レイラっていう……」

「あぁ！　レイラちゃんねぇ～」

「それで、その、アイツの飯がちょっと不味《アレ》だったんですけど、こんな美味しい料理を作れるアカネさんの弟子なのに、なんでかなぁーと思いまして」

アカネさんはニッコリ笑顔にヒビを入れ、オレから目を逸らした。

「ごめんね、どうしようもないことがあるの。世の中にはね」

そうか、レイラの料理の腕はどうしようもないものだったのか。

「シール。食事を終えたらマザーパンクの外に出て岩石地帯に行くぞ。そこで修行する！」

「大まかでいいから修行の内容教えてもらっていいか？」

「それは見てのお楽しみだ！」

「……？」

パールのどこか含みのある笑顔を見て、不安を抱かずにはいられないオレであった。

◆

食事を終え、オレは岩石だらけの場所にやってきた。
そこで始まったのは——地獄のトレーニングだった。

全身に赤魔《せきま》を纏い、パールが用意したオレの背丈の十倍はある岩石を背中に乗せる。そしてその場でひたすら腕立て伏せだ。

目的は赤と青の魔力の強化である。

赤の魔力、強化の魔力は筋肉に負荷を掛けることで増えていく。

青の魔力、操作の魔力は魔力を使うことで増えていく。

この2つを同時に増やすには赤の魔力を使いながらも筋肉に負荷の掛かるトレーニングをすればいいとパールは教えてくれた。この岩石腕立て伏せは赤の魔力を使いながら筋肉にも負荷が掛かって一石二鳥だそうだ。

いや、理屈はわかるけど、わかるけども――

「999、1000……！」

「よぉし！

あと9000回ッ!!」

「はぁ……！　はぁ……！　はぁ……！

やって――られるかぁ!!」

オレは背に乗せられた岩石をパールに投げ飛ばした。

「ふんっ！」

パールは腰から緑の錬魔石が埋め込まれた剣を抜き、二度縦斬りを繰り出す。剣から生み出された風の刃が岩石を簡単に三枚おろしにした。

斬られた岩石はパールを避けるようにして地面に落下する。

あの剣、やっぱ使い勝手良さそうだな。能力は単純だし、癖がない。

飛ばした風の刃は遥か天空まで伸びていった。

射程も相当長い……。

パールは剣を鞘に戻し、腰に手を当てた。

「堪え性がないなぁ！　シール！」

「地味だし……きついし……つまらん！

もっと画期的な修行はないのか！」

「うぅむ、ではプランBはどうだ？」

パールは赤の錬魔石が埋め込まれた剣を抜き、オレに向かって投げた。

オレは剣の柄の部分をキャッチして受け取る。

パールは緑の錬魔石が埋め込まれた方の剣を抜く。

「ひたすら私と剣を合わせる。

これがプランBだ。戦闘経験、赤の魔力、青の魔力、同時に得ることができる」

「最高じゃねぇか」

「ただし1つ欠点があってなぁ……」

「なんだよ、欠点って」

「うっかり私がシールを殺してしまう可能性があるのだ。真剣ゆえ加減が難しい！」

「……欠点が重すぎる」

木刀とか用意してねぇのかこのオッサンは。

「危険度は低く成長度は平均的なプランA、危険度は高いが成長度も高いプランB。

どちらがいい？」

「退屈なのはどっちだ？」

「プランAだ」

「じゃあプランBでいこう」

オレは外套を脱ぎ捨て、受け取った剣をパールに向ける。

「がっはっは！　それでこそバル翁の弟子だ！

どこからでもかかってくるといい！　シール！」

「……余裕綽々《しやくしやく》だな」

「無論、余裕だ！

安心して剣を振るえ。君の刃が私に届くことはないからな！」

「へぇ、言うなぁオッサン。

オレが相手なら奇跡が起きてもアンタに傷一つ付けられないってか？」

「ああ、断言しよう！　天地がひっくり返っても私が君から攻撃を受けることはないっ！」

赤いオーラがパールから放たれる。

そのオーラからは絶対的な自信、長年積み重ねてきた経験《モノ》を感じた。

「よし。そこまで言うならよ、もしオレが一太刀でもアンタに浴びせられたら、その剣くれよ」

オレは緑色の錬魔石が埋め込まれたパールの剣を指さす。

「我が愛剣、斬風剣《ざんぷうけん》を望むか！

――面白い！　乗ったっ!!

しかし、ならば覚悟して来い！　この剣がかかるなら私も少し本気を出さざるを得ないからなぁ！」

風の刃を生む剣。

中～遠距離戦で貧弱なオレにはうってつけの武器だ。

鍔元には緑の珠、刀身には渦巻く竜の紋章。

性能面も見た目も好みだ。やっぱカッコいいしな、剣って。

絶対欲しい――

「いいね、楽しくなってきた……！」

第四十四話　とっておきの一手

修行初日、オレはパールに完敗した。

いやはや、ここまでなにもさせてもらえなかったのは初めてだな。

予知でもされているのかと勘繰るほどに、オレの打ち込みは全部読まれた。

ずっと鋼鉄の塊に斬りかかっているような感覚だった。斬って弾かれ斬って弾かれ……息を切らしたり乱した瞬間に腹を蹴り飛ばされる。

なにが『私も少し本気を出さざるを得ない』だ。まったく本気で相手にされていなかった。

パールは強かった。なにをどうしても斬れるイメージが湧かなかった。

日が暮れるまで、何度も何度も仕掛けたが、結局傷を作るのはオレだけだ。

あれは修行と言うのだろうか。ただひたすらに剣の仕合《しあい》をするだけ。

オレが百度は剣を落とされた時、初日の修行は終わった。

修行開始から二日目。少しだけパールの動きが見えるようになってきた。

だがまだまだ届かない。前より打ち合える回数は増えたが、パールにオレの刃は届かなかった。

しかし着々と魔力の総量が増えていくのを感じた。

修行開始から三日目。

剣の握り方、間合いの取り方といった剣術の基本が身に付いてきた。

ちなみにパールからはなにも指導されていない。あのオッサンは無言で、オレと剣を合わせるだけだ。

割とこのやり方はオレに合っていた。爺さんも同じような教育方針だったしな。基本的な修行の方式だけ決めて、後はオレに任せる。

オレは誰かに色々型に嵌められるよりか、自分で考えて答えを導き出す方が好《この》みみたいだ。

剣術を習ったことはない。

だから、剣の握り方はパールを真似た。右手で剣を握り、その切先を相手の喉元に向ける。片手剣スタイル。

この三日間、達人と剣を合わせてようやくオレは人間の初期動作、モーションの大きさを理解した。呼吸、視線、筋肉の動き。膝がどれくらい沈んでいるか、腰はどれだけ捻られているか。

それらの情報を瞬時に処理し、相手の動きを予測する。

この理屈がわかれば、逆に相手に読まれづらい動きをすることも可能。

この日、オレがパールに剣を落とされた回数はたったの3回だった。

そして四日目の朝を迎える。

オレは本棚に囲まれた部屋で目を覚ます。

ちなみにオレが寝泊まりしている部屋はパールとアカネさんの子供、ディアの部屋だ。

「……相変わらず、目が回る部屋だ」

初めてこの部屋に来た時、書斎かと一瞬思った。

壁沿いに本棚がずらーっと並んでいる。窓すら本棚によって隠されている。

部屋のど真ん中に設置されたベッド。猫のマークが付いた毛布が掛かっている。

オレを部屋に案内した時、パールは苦い笑顔をしていた。

『私の娘は錬金術師でな！

錬金術の研究に夢中で、他のことには一切興味がなかった！　ここにある本は全て錬金術の本だ！

部屋も一切飾りっ気がない！　今はもう、自分の店を持ってその店で寝泊まりしている！』

〈マザーパンク〉で店を開いているのか？　とオレが問うと、

『うむ！　興味があるなら一度訪ねてみるといい！』

とのことだ。

2人の子供の姿は気になるし、錬魔石のこともある。レイラとの決闘が終わったタイミングで行ってみよう。

さて、修行は今日で最後だ。後の日は別にやることがある。

オレはまだ1度もパールを断っていない。

斬風剣を貰うための条件、それを満たすチャンスは今日しかない。

洗面所で歯を磨きながら、どうやってパールから1本取るか考える。

「……。」

パールのオッサンはマジで隙がない。

強くなり、剣を知るほど隙のなさを実感する。

オレは剣の才能はそこそこあると自己評価している。ただ、多分だけど、オレがどれだけ剣を極めようとあのオッサンには届かない気がする。あくまで剣の腕に限るなら、の話だがな。

一応、手はある。

1つだけ、油断しているパール相手なら、1本取れるかもしれない手がある。

「成功率は五分だが、アレをやるしかないか……」

オレは水を手のひらに溜め、顔にぶつける。

気合を入れて後ろを振り返ると、寝ぐせを炸裂させたシュラが立っていた。

「おはよ……ふあぁ」

口元をもぞもぞさせ、目を線にしている。

眠そうだ。

ちなみにシュラはパールの書斎で寝泊まりしている。呪い関連の本を漁っているようだ。

「どうなの？　調子は」

「まぁまぁかな――いでっ!?」

適当に返したらほっぺたをつねられた。

「まぁまぁじゃ困るの。絶対勝てるってぐらい強くなりなさい！」

「わかった！　わかったって！」

シュラはオレの側を通り、洗面台の前に立って歯ブラシを手にする。

「そっちはどうだ。

街の図書館に行って呪いに関係する本を読んでるんだろ？」

「収穫ナシ。

呪いの種類がいっぱい載った本とか、呪いによる魔術師強化理論とか、腐った本ばかりよ」

そりゃ、そんな簡単に呪いを解く方法が見つかるはずもないか。

オレは部屋を出て、支度をし、いつもの岩場へ向かった。

◆

岩石地帯に着いたら巨大な岩を背に乗せて腕立て伏せ１０００回。結局１０００回は我慢することにした。

それを終えたらパールとやり合う。

オレとパールは剣を握り、間に十歩の距離をあけて立ち止まる。

「……。」

パールの口元はにやけているが、瞳には一切の遊びがなかった。

オレという剣術初心者に対し、まるで油断がない。達人を相手にしているかのような瞳だ。パールの瞳を見て自分を剣の達人だと誤解してしまいそうになる。

手に持つは互いに真剣。殺風景な岩場の上で八歩、九歩の間合いでジリジリと寄ったり離れたりを繰り返す。

「シールよ、これが最後の仕合だ」

「え？」

オレは剣を下げ、左手を広げる。

「なんでだよ。まだ時間はあるだろ？」

「対レイラ嬢用の訓練を用意した！　この仕合が終わったら早速そちらに入る」

「……わかった。じゃあこれが最後のチャンスか」

「む？　なんの話だ？」

「アンタに一太刀浴びせたらその斬風剣を貰うって約束、もう忘れたか？」

「はっはっは！　まだ覚えていたのか！

とっくに諦めたと思っていたぞ！」

「冗談……」

オレは再び剣を上げる。

狙うは一瞬だ。

現在、オレの背後の岩壁が太陽を隠している。

その太陽が顔を出し、パールの顔に陽が浴びせられる一瞬。

そこで、とっておきを披露する。

「そちらが来ないなら、私から――」

その時、太陽の光がパールの顔を照らした。

「むっ！」

パールの目元にシワを寄せる。

来た。

ここだ。ここしかない。

全身に赤い魔力を込め、そして、オレは黄色のオーラを纏った。

「――ッ！！？」

次の瞬間、
オレはパールのすぐ目の前まで接近した。

第四十五話　色装

土煙を巻き上げ、オレは身を低くして高速でパールの眼前に踏み込んだ。

陽光を浴び、気を緩めたパールは完全に虚を衝かれた。

「速い――！」

――取れる！

剣を下から上へ振り上げる。

キンッ！　と鋼同士が打ち合う高音が響いた。

「ち――くしょうが！」

オレの渾身の振り上げはパールの横に倒した剣に防御された。

ひらひらと、3本の茶色の髪の毛が落ちる。

「だーっ！　今ので駄目かよ！　ほんっとバケモノ染みてるな、アンタ」

オレは大の字になってその場に倒れる。

これが防がれるんじゃどうしようもねぇ。

「今のは……ただ赤魔で体を強化したわけじゃない！

　なにをした！　シール！」

「なにって、黄魔を体中に巡らせたんだよ。前に体が動かなくなった時、支配の魔力を体に巡らせて無理やり動かしたことがあったんだ。今回は体が万全な状態で同じことをやった。支配の魔力で体のリミッターを無理やり外したんだ」

「……はは、ふはははははっ！　さすがに驚いたぞ」

「つっても、まだ一瞬しかできないけどな。

　速すぎて神経が追い付かん」

「一太刀と言うには浅かったが、私の髪の毛を3本落とした！　その褒美はなにか考えておこう！」

　パールは「ふむ」と膝を崩し、胡坐をかく。

　オレは上半身を起こし、地面に両手をつけて上半身を支えた。

「今、君がやったのは色装《しきそう》という技術だ」

「色装？」

「高密度な副源四色を体や武器、魔術に長時間纏わせる技術をそう呼ぶのだ。

　一瞬だから君のは色装もどきと言ったところだがな」

「へぇ～」

ぜーぜーと荒い息遣いが背後から聞こえた。

影がオレに覆いかぶさったから上を見上げると、汗ばんだ金髪の少女の顔があった。

「……やっと、辿り着いた……」

「どうしたアシュ。こんなところに」

アシュは「これ」と言って、木造りのバスケットをオレの頭上に出した。

「朝食、少なかったからってアカネさんが」

「弁当か！　ちょうど腹が減っていたところだ」

オレはバスケットを開け、中にある料理の面々を眺める。

「なんだこりゃ」

おにぎり。

もやし入りのチャーハン。

もやし入りのサラダ。

「ちなみにおにぎりの具は？」

「もやしだよ。

シールに元気になってほしかったから、わたしがオーダーしたんだ……。

嬉しい？　シール」

「ああ、嬉しい嬉しい……」

余計なことを。アシュに悪気はないだろうからなにも言わないけどな。

オレはとりあえずおにぎりを手に取り、口へ運んだ。

モグモグと二度咀嚼する。

……さすがアカネさんだ。こんな滅茶苦茶な具材なのに美味しい。

「なぁアシュ。お前は色装ってのできるのか？」

「できるよ」

アシュは背負っている杖を抜き、岩壁に向ける。

「色装、〝漆《しつ》〟。

〝呂色焔《ロイロホムラ》〟……」

炎塊が形成され、それを覆うように黒い魔力がアシュの杖から放たれた。

黒に塗色された炎は威圧感を放ちながら岩壁に撃たれ、岩壁に巨大な穴を開けた。

「黒魔力の付与。杖の力で効率的に黒魔力を纏わせているな」

「すっげぇな……まさに必殺技って感じだ」

「その通り！　消費魔力は多いから使いどころが難しいがな。

器用な魔力操作が必要な上、高密度な魔力を生み出すためそれなりの魔力量が必要だ。

誰にでもはできん、高等技術だ！」

そうだな、現にオレは本当に一瞬しかできなかった。

自分の体に使うのすら難しいのに、炎に纏うとかできる気がしない。まぁ恐らく、アシュはあの杖を使うことでなんらかの補正を受けているんだろうが。

「良いタイミングだな。

ここでもう1つ、高等技術を教えよう」

食事を終えたパールは立ち上がり、オレから距離を取る。

「アシュ嬢。適当に魔術を私に撃ってくれ！」

「いいの？」

「構わん！」

アシュは右手をパールに向け、炎を形成する。

パールは腕を組んだまま直立。アシュが炎魔術をパールに放つ。

炎の塊がパールに炸裂する。

しかしパールは無傷だった。赤い魔力は纏っていない、代わりに渦巻くような青い魔力を纏っていた。

「青……操作の魔力でなにをしたんだ？」

「アシュ嬢の放った魔術の魔力を操作し、外に散らしたのだ！」

「他人の魔力を!?」

青の魔力は魔力を操作する魔力だ。

基本的に自分の体内の他の魔力を運ぶ役割である。それを他人が放った魔力に対して使うなんて

――

「渦巻くように青魔を纏い、青魔に他者の魔力が触れた瞬間、その魔力を操作して外に散らす。この技術の名は…… 〝流纏《るてん》〟」

「〝流纏《るてん》〟……それを今からオレが習得するのか？」

「ははは！　それは不可能だ！　これを見よ！」

パールが右手の手甲を見せる。手甲は微かに焦げていた。

「長年〝流纏〟の訓練をしている私ですら、まだ完璧に扱えん！　私が知る中でもこれを使えるのは10人と居ない」

「じゃあどうして今、オレにそんな技術の話を――」

あ、まずい。嫌な予感がする……。

「まさかアイツは……」

「そうだ！　レイラ嬢は〝流纏〟を完璧に操れる」

「凄まじいな、ったく……」

「〝流纏〟はバル翁の得意技でもあったからなぁ。遺伝というか、元より才能があったのだろう」

パールですら完全には使えない技術を、アイツは使えるのか。

「レイラ嬢の強みはこれだけではない。

レイラ嬢の基本スタイルは投げナイフ。

形成の魔力で作った鉄製のナイフを手に握り、強化の魔力でナイフと腕・肩を強化し投げる」

「どうして手に掴む必要がある？　そのまま青魔で撃った方が手間がないだろ」

オレの指摘を受けて、パールは形成の魔力で鉄を作り、鉄をくっ付けてナイフを作り宙に浮かばせる。

「これが青魔で撃った場合だ」

ナイフは魔力によって放たれ、小さな岩に食い込む。ヒビが岩に発生する。

パールはもう一度ナイフを形成、今度は手に握り、赤魔を込めた。

「これが直接投げた場合だ。

――ふんっ！」

パールはナイフを投げる。

投げられたナイフは姿がブレるほどの速度で岩に激突、岩を破壊しその背後まで飛んでいった。

「手で掴んで投げた方が――」

「数段速くて、強い」

「レイラ嬢はこのナイフの生成を私より速く、大量に行《おこな》える。

ひたすらナイフを投げ続け、相手をその場に釘付けにする。しびれを切らし、相手がやけになって放った人規模魔術を〝流纏〟で流す。ジリジリと、確実に、相手の手札を引き出させ、打ち破り、追い詰める。

レイラ嬢はその戦法だけで魔術学院を勝ち抜いた」

投げナイフに〝流纏〟。

加えて不知の魔力——

「盛りだくさんだな」

「シール、怖がってる？」

「まさか。逆に楽しくなってきたよ。

退屈はしなさそうだ」

「君はこの数日で遥かに成長した。

しかしまだ、レイラ嬢には及ばん」

「盤上で埋まらない差は盤外でなんとかするさ」

「なにか考えがあるのか？」

条件さえ揃えば誰にでも勝てるのが封印術。

条件を揃えるために、なんでもするのが封印術師だ。

手札が足りないなら、手札を増やすしかない。

「錬金術師に新しい武器を作ってもらう」

オレはその後、レイラの戦闘スタイルを真似たパールと仕合を重ね、四日間の修行を全て完了した。

第四十六話　新しい武器を作ろう！　その1

五日目、早朝。

オレはいつも通り、アカネさんの料理をご馳走になっていた。パールは仕事で朝から居ないらしく、食卓はオレとアシュとアカネさんの3人で囲んでいる。

「シール君、今日はどこへ行くの？」

カレーを水で流し込んでオレは返事をする。

「この街に居る錬金術師に会いに行きます。新しい武器が欲しくて」

「あらあら！　じゃあディアちゃんに会いに行くのね～」

アカネさんはフサフサの耳をピンと立てる。

ディアというのはパールとアカネさんの子供だ。錬金術師で、このマザーパンクで店を構えている。

「はい。そこしか錬金術師の店はないみたいですから」

「もふもふっ！」

カレーを口に入れたアシュが顔を上げる。

「シール！　私もついて行く！

猫の女の子……絶対可愛い」

「そうだな。獣人と人間のハーフってのはオレも興味ある」

「うふふ。楽しみにしてるといいわ。

とっても可愛い、自慢の娘よ〜」

シーダスト島、そこで貰った戦利品。

赤の錬魔石と緑の錬魔石。

あの2つを錬金術師の手で錬成してもらい、新たな魔成物を作ってもらう。今日の予定はそれだけだ。

「あ、じゃあマタタビクッキー持っていってくれるかしら？

あの子の大好物なの♪」

マタタビ……やっぱり猫なんだな。

「お安い御用です」

「にゃんこ♪　にゃんこ♪」

◆

アシュが早足で街道を歩く。

コイツ、好きな物が絡むとテンションの上がり幅が凄いな。

「お前、そんなに動物好きだったのか？」

「私は猫と犬が好き。

お姉ちゃんは犬が大好き。

シールは好きな動物とかいないの？」

「どの動物も好きでも嫌いでもないが、うーん……鳥は全般的に好きかな。

空を自由に飛べるのが羨ましい」

「それ、好きとは違う気がする……」

「だな。好きというより憧れだ」

オレはアカネさんが持たせてくれた地図を開き、赤い×の付いた場所を目指す。

×に向かって歩いていった結果、着いたのは最下層より二つ上の階層だった。

「……存在感が半端ないな」

「おっきぃね」

目の前には外観を無視した鉄製の建物が立っていた。自然物で構築されたこの街で異彩を放つゴツゴツした建物。建物の屋根からは煙突が伸びており煙を吹いている。

適当に掲げられた看板には〈ケトル＝オブ＝ガラディア〉と書いてあった。

「開いてんのかな……」

正面の油染みた扉の、ドアノブを回して開く。

光が目に飛び込んできた、中は意外に明るい。魔成物が入ったガラス張りのケースが壁沿いに並んでいる。

そこらに置いてある箱には一律５０００ｏｕｒｏだったり１０００ｏｕｒｏのラベルが貼られている。箱には武具の手入れに使うであろう砥石やら布、用途の不明な鉱石などが乱雑にぶっこまれている。

「らっしゃいませー」

やる気のない声が正面から聞こえた。

扉から真正面、一直線に進んだところにレジカウンターがある。

レジカウンターを挟んで反対側に彼女は居た。

猫耳を頭から生やした女の子だ。

アカネさんと違い完全な獣人ではなく、ただ人間に猫耳と尻尾を生やしただけの女の子。口元はマフラーで隠している。体格は小さく、シュラといい勝負だ。

店員の癖にカウンターに肘をついて、オレらには目も向けず、本を眺めてやがる。

長く伸びた尻尾で頭を掻き、「ふわぁ」と欠伸を漏らした。

オレは不信感を抱きながら歩き、カウンターに近づいていく。

「……お前がディアか？」

猫耳少女は白黒《しろくろ》の前髪の隙間から眠たげな目を起こす。

「そうっすけど、アンタ誰っすか？」

扉からひょこひょこと移動してアシュがオレの隣に立つ。

アシュはディアを見つけ、「にゃんこ……！」と目を輝かせた。半分以上人間なのだが、これでもアシュの守備範囲内に入っていたらしい。

「お前の両親の知り合いだよ。そんで客だ」

「そっすか」

なんて塩対応。

あの熱血な父親と穏やかな母親だ。語尾に〝にゃー〟を付けるような活発女子を想像していたのだが、想像と正反対だな。

「耳、撫でていい？」

アシュがもじもじしながら聞く。

「いいっすけど、一撫で１００ｏｕｒｏっすよ」

ガーンッとアシュは肩を落とす。

アシュが１００ｏｕｒｏを求める瞳でオレを見るが、オレは首を横に振る。

「ガードが堅いじゃねぇの」

「白髪の悪魔対策っす」

「白髪の悪魔？」

「名前をレイラ＝フライハイトって言うっす。

一日中撫でられ続けて、嫌気が差したっす」

「……アイツが元凶かよ」

そういやアイツ、可愛いモノ好きだって言ってたな。

つーかレイラとディアに接点があったとはな。爺さんとパールは昔から親交があったっぽいし、その家族であるレイラとディアも接点があって当然か。

「そうだそうだ、忘れるとこだった。

——ほい、アカネさんからの差し入れ」

オレがマタタビクッキーの入った包みをレジカウンターに置く。

ディアは無表情のまま袖に包まれた両手で受け取った。

「マタタビクッキーだ」

「おぉ〜。ありがたいっす。

ウチ、これがあるとテンション万倍っすよ」

「その割には表情に変化がないけどなぁ……」

「よく顔に出ないって言われるっす。でも耳にはよく出るっすから、ウチの感情を知りたければ耳を見るといいっす」

ピコン、ピコン、と猫耳が伸び縮みしている。なるほど、これが嬉しい時の合図か。

「クッキーは後回しにしてくれるか？　本題はこいつだ」

オレは巾着バッグを開き、中から2個の錬魔石を取り出してカウンターに置く。

オレが錬魔石を置くと、ディアは興味深そうに錬魔石を覗いた。クッキーを貰った時と同じように耳が動いている。

「こいつで魔成物を作ってほしい」

ディアは背中側にある棚からノールックで虫眼鏡を取り出し、オレが出した錬魔石を注意深く観察する。

「形成の錬魔石、融度《ゆうど》3。強化の錬魔石、融度4」

「融度？」

「鉱石と融合させた時、どれだけ力を発揮できるかの指標っす。簡単に言うと錬魔石のランクっす。最大は12。この2つ、中々悪くないっすね」

ディアは虫メガネをしまい、背後の棚から分厚い本を取り出した。

「カタログっす」

ディアがカウンター越しにオレに本を差し出す。

受け取るとズシッと重みで落としそうになった。

本って言うほどのものじゃないか。ただ紙を紐で繋いだだけの簡素なものだ。オレはカタログを開き、パーッと眺める。

剣に盾に槍。弓やら鎧やら多種多様な物がある。

説明文と共に隣にイメージ図が書いてある。

「迷うな……」

今のオレの手持ちは3つ。

相手が霊這系の魔物でなければただの短剣である〈ルッタ〉。

魔力を込めると伸びる槍、〈獅鉄槍〉。

指に嵌めれば戦闘力を大幅に上げるが、一度嵌めると赤い魔力が尽きるまで外せない死神の指輪。

〈オシリスオーブ〉。

接近戦を行《おこな》う分には申し分ない手札だ。

問題はやはり、中・遠距離だな。

遠くに居る敵に対して有効な攻撃方法が〈獅鉄槍〉を伸ばすだけじゃ心もとない。相手は投げナイフの達人って話だからな、飛び道具の1つでもないと不安だ。

となると、弓か。

いや、防御を固めるために盾ってのも捨てがたい……。

「ん？」

カタログをペラペラとめくり、後半部分に差し掛かった時、歪な、見たことのない造形の魔成物があった。

「ディア、こりゃなんだ？」

オレはカタログを広げてディアに見せる。

「あ、これは〈二輪錬魔動車《にりんれんまどうしゃ》〉っすね」

「馬車の車輪？　みたいのを付けてるのか？」

「そうっすね。魔力を込めるとこの車輪が回転して進むっす。今話題の最新鋭魔成物っす」

「じゃあこれは？」

「〈四輪錬魔動車〉っすね」

「へえ、これらも作れるのか？」

ディアがカタログのある部分を指さした。

指さす方を見ると〝1％〟と記されていた。

「ここに成功率が載ってるっす。この2つはまだウチの技術力じゃほぼ間違いなく成功しないっす」

「じゃあ載せるなよ……」

「誰かがウチらの技術力向上のため、錬魔石を提供してくれることを願って載せてるっす。そのページから先の物は帝下二十二都市の錬金術師の街〈ブリューナク〉で仕入れたものっす。なんでも、とんでもない天才コンビが最近〈ブリューナク〉に入ったらしくて、それらは全部その天才コンビが発案した物っす」

「ほぉ。世の中にはすげぇ奴が居るもんだな」

「錬金術師界隈はその天才コンビに振り回されている現状っす」

「明らかに技術レベルが他のモンと違うもんな……」

さてさて、そんな天才の話は今はどうでもいい。

成功率か。どれも１００％という物はない。どんな簡単な物でも確実に成功する、と保証はできないってことか。

せっかくの錬魔石だ、失敗するのは避けたい。せめて90％以上——

「うーん。悩んだが、やっぱりコレかな」

盾、弓。どちらも捨てがたいが、やっぱりオレの性に合いそうなのはコレだな。

「どれにしたの？　シール」

オレはカタログをアシュとディアに見えるように開く。

そのページに描かれるはV形の投擲武器——

「ブーメランだ！」

第四十七話　新しい武器を作ろう!　その2

成功率は90%。問題なし。

射程の長さでいったら弓が勝《まさ》るけど、弓は矢とセットだからな。消費する物がない、って点でブーメランは都合がいい。

「ブーメランっすか。

残念っすけど、手持ちの錬魔石じゃ作れないっすよ」

「へ?」

「ここ見てくださいっす」

カタログ。

ブーメランの図の下に、赤・青・黄色の丸が書いてある。

「これがブーメランに必要な錬魔石の種類と数っす。

このブーメランに必要な錬魔石は赤と青と黄色、それぞれ1個ずつっす」

「合計で3個の錬魔石を1つの武器に突っ込むのか?

これまで3個以上の錬魔石を付けた武器は見たことないぞ……」

強化の錬魔石と操作の錬魔石と支配の錬魔石、それらをまとめてブーメランに組み込む……一体どんな性能になるんだ？

すっげぇ興味あるけど、持ってないモンは持ってないしな……。

「シール、赤と緑しか持ってない」

「しゃあねぇ、他のにするか……」

「待つっす」

ディアがカウンター内にある扉を開き、中へ入っていく。

1分も経たない内にディアは青い錬魔石を持って帰ってきた。

「その形成の錬魔石とこの操作の錬魔石を交換してあげるっす」

「お？　いいのか？」

「この錬魔石、融度は2っすから。

そっちの形成の錬魔石よりワンランク劣るっす。交換としては悪くないっす」

「だがそれでも黄色の錬魔石が足りないぞ」

「それについても一案あるっす」

とりあえず、オレは形成の錬魔石と操作の錬魔石を交換した。

「依頼を1つ受けてほしいっす。そうすれば黄色の錬魔石をあげるっす」

「依頼の内容は？」

「ウチの相棒が今から鉱石採集に出るんすけど、その護衛を頼みたいっす」

「相棒なんているのか」

「錬金術師は原則二人一組で活動するんすよ」

オレが首を傾げるとディアは詳しく錬金術について教えてくれた。

「錬金術の基本は再構築っす。

素材を破壊して、混ぜ合わせながら再生させる。今回作るブーメランも錬魔石と鉱石を破壊して、組み合わせながら再生させるんすよ。

これを行《おこな》うためには黒の魔力を扱える者と、白の魔力を扱える者、両者が必要なんす」

黒の魔力、破壊の魔力で素材を破壊する。

破壊して粉々になった素材を白の魔力、再生の魔力で混ぜながら再生させる……なるほど。確かに上手い具合に魔力を使えば2つの物体が1つになるか。

「素材を破壊し過ぎてもダメ、素材を完璧に直してもダメ。

破壊の魔力と再生の魔力、この2つの魔力をバランスよく注ぎ込まないといけない。

錬金術は数ある術の中でもトップレベルに難しいって聞いたことがある」

「へぇ」

アシュは錬金術について詳しいようだ。

「それにしても護衛ね。どこか危険な場所にでも行くのか？」

「行き先は珊瑚の形をした鉱石が採れる洞窟、〝珊晶《さんしょう》洞窟〟っす。ひと月前までは穏やかな洞窟だったんすけど、最近はやけに魔物の数が多くて困ってるっす」

魔物か。

修行の成果を見るためにも魔物を相手にするのはいいかもな……。

正直オレの心はブーメランに向かって直進している。黄色の錬魔石を手に入れる方法は他には思いつかないんだし、迷うことないだろ。

「わかった。護衛依頼引き受けた。それで、そのお前の相棒ってのはどこに居るんだ？」

「——ここに居る！」

足元から渋い低音ボイスが聞こえた。

足元から、だ。膝の下からだ。

それはつまり、声を出した存在はオレの膝下よりも低い所から声を出したということ。

恐る恐る視線を足元へ落とす。

「——っ！！？」

オレはその……可愛らしい存在を見て思わず手元から札を落としそうになった。

「護衛など必要ないが、パートナーの厚意を無駄にもできん。特別に、吾輩についてくることを許可しよう」

フサフリの毛並み、四足歩行。

その姿は間違いなく——犬。なのにその口からは渋い美声が響いていた。

「犬が、喋ってやがる……!」

「もふもふっ!!」

第四十八話　新しい武器を作ろう！　その3

人間の言葉を話す犬。

犬は優雅な足取りでオレとアシュの間を歩き抜けた。

「ふっ、驚くのも無理はない。

吾輩《わがはい》は呪いで犬の姿に——わぉん!?」

犬の喋りはアシュの抱擁に止められた。

「もふもふ……もふもふ……」

「や、やめろ！　吾輩をもふもふするな！」

アシュが犬を撫で、深く抱きしめ、また撫でる。

「やれやれ……」

「やめろ！　頭を撫でるな！　そんなことをされても——う、嬉しくなんか……嬉しくなんかない
ワン！」

◆

黒い毛並み、うなじから背まで伸びる白いたてがみ。

小さなバッグを背負ったワンコが現れた。

「吾輩はガラット。凄腕の錬金術師である！」

アシュに抱っこされながらワンコは名乗った。

「おいディア、パートナーじゃなくてペットだろこれは」

「吾輩は犬だがペットではない！　元は人間、呪いで犬になったがな！」

「そりゃ可哀そうに」

「同情するなっ！」

「あ、わんこ！」

ワンコがアシュの腕を離れ、宙で弧を描いて着地する。

「吾輩は望んで犬になったのだ！」

「どうしました……」

「吾輩は人が好きなのだ。

片時も人と離れたくない、そう願うものの、犬と四六時中共に居ることは不可能。犬の方がストレスを抱えてしまうからな。

だが吾輩は、常に犬と共に過ごす夢を諦めきれなかった……だから自分が成ったのだ！　犬に！

吾輩自身が犬に成れば一生《いっしょう》犬と離れることはないっ！」

「――愛情が深すぎる……」

アシュがクイクイと袖を引っ張ってきた。

「シール。わたしも護衛やる！　わんこと遊ぶ！」

アシュがガラットを抱き上げる。

「アシュ、お前、さっきからこいつを撫でたり抱きしめたりしてるけど……こいつは元々人間なんだぞ。声からして間違いなくおっさんだ。嫌じゃないのか？」

「無礼者！　吾輩は女だ！」

「その声で女は無理があるだろう」

「愚か者め！　姿が変われば声帯も変わるだろうに！」

そ、そうか。それもそうだな。

「ちなみにこれがガラットが人間時代だった時の念写画っす」

ディアが出した念写画を見る。

――黒髪の美人さんだった。前髪の中央が微かに白い。

胸が大きくて、腰は細くて、理想的な体型だ。

「……今すぐに人間に戻れよ。こっちの姿の方が守り甲斐がある」

ガラットはアシュの腕から脱出し、オレに背中を向ける。

「馬鹿者め！　そんな醜い姿に戻るわけがないだろう！　くだらんことを言ってないでさっさと行くぞ！　日が暮れてしまう！」

店の出口に向かって歩くガラットを、ディアが呼び止める。

そんなわけで、オレは犬の護衛をするため洞窟に向かった。

◆

「着いたぞ」

岩壁に穴が開いた場所、洞窟。

空は暗いのに洞窟の中は明るい。何やら赤い水晶や黄色の水晶が輝いている。珍しい形の水晶だ。木の枝のように枝分かれした水晶、珊瑚のような水晶だ。

「すっげぇなぁ、天然のランプだ」

赤、青、緑。鉱石は様々な色の光沢を発している。

オレは床に生えた赤色の鉱石に触れようと手を伸ばす。

「触るな！」

「いってぇ!?」

ガラットが飛びつき噛みつきをオレの右手にかましてきた。

痛みから右手を振り上げる。

「阿呆め！　これは〝爆氷珊瑚《コーラルクラッカー》〟、魔力を孕んだ鉱石だ！　強い衝撃を加えると内包する魔力が破裂し、爆発を起こす!!　赤色の鉱石には触れるな！」

「天然の爆弾、だね」

「魔術師でも受けきれないほどの爆発なのか？」

「一つ一つの爆発は大したことないが、爆発が連鎖すると怖いのだ。洞窟が崩れ、生き埋めになる可能性がある」

魔力を孕んだ天然の爆発物――

「ほう……」

これは、役に立つかもな……。

「まったく、どっちが護衛かわからんな」

洞窟を進んでいく。

ガラットは目ぼしい鉱石を見つける度、袋に入れていく。ちなみに袋はオレが運ばされている。

護衛というより荷物持ちだな。魔物もまったく出てこないし。

「洞窟入って30分くらい経ったな……」

「そうだね」

ガラットは鉱石を見極め、慎重に採掘作業をしている。

犬でありながら職人の眼をしていた。話しかけられる雰囲気じゃない。

「あれ？　つーか、30分経ったのになんでシュラに変わってないんだ？　ここは洞窟の中、つまり影の中だろ」

「きっと天井にある黄色の鉱石のせい。あの鉱石から太陽光に似たエネルギーを感じる」

「ふんっ、察しがいいな。この洞窟にある鉱石には全て、太陽のエネルギーが込められている。特に天井に生えている鉱石は色濃くな」

ガラットは「良い物を見せてやる」と洞窟の奥へと進んでいく。

オレとアシュは犬の足跡を踏んでいく。

ガラットが案内したのは——天井の開いた広い空間。

空から降り注ぐ太陽の光が神々しく降り注いでいる。

「わぁ～……」

アシュは目の前の美しい物体を目にして、唇を震わせた。

「……はっはは！　確かに、これは『良い物』だな……！」

洞窟の中で、明らかに浮いた大きな部屋。部屋の中心には珊瑚の形をしたクリスタルがあった。

クリスタルは太陽光を身に受け、黄金色に輝いていた。

「〝ソーテアークリスタル〟。この洞窟の心臓だ。太陽光を集め、地面を通して洞窟全域に巡らせているのだ。細かい理論はわからんが、太陽光の力を受けた鉱石はしなやか且つ確かな強度を持った物になる」

「コイツがなくなったら洞窟内の鉱石の魅力は半減するってわけか」

これを見られただけでも、故郷から出た価値がある。それほどに美しいクリスタルだ。

「これは採らないのか？」

「心臓だと言っただろう。〝ゾーラークリスタル〟を採れば洞窟内の鉱石は全て輝きを失ってしまう」

「そっか。じゃあクリスタルの裏にあるやつはどうだ」

〝ゾーラークリスタル〟の背後の地面に銀色のクリスタルが生えている。

輝きの強さこそ〝ゾーラークリスタル〟に劣るが、これもまた美しい鉱石だ。道中1回も見かけたことがない。

「〝ムーンクリスタル〟。月光を溜めるクリスタルだが、〝ゾーラークリスタル〟と違って他の鉱石に影響を与えるわけではないため、採っても問題はない。だが、錬金術師は誰もこれを採ろうとはしない」

「価値がないのか、それとも素材として役立たずなのか」

「価値はあるし、素材としても役に立つ。しかし、それは新鮮な状態に限る。〝ムーンクリスタル〟は管理の難しい素材なのだ。大地から隔離して数分で輝きを失ってしまう。マザーパンクへ持ち帰るまでもたない。輝きを失う前に我が工房の窯に入れることができれば、長時間輝きが失わないように加工できるのだが……」

「そういう問題ならなんとかなるかもしれないぞ」

「なに？」

オレは筆を出し、字印を〝ムーンクリスタル〟に描きこむ。

字印に対応した札を出し、呪文を唱える。

「封印《クローズ》」

ムーンクリスタルは札に吸い込まれた。

封印物は劣化することがない。こうやって札に封印してしまえばその時点で封印物の時は止まる。

つまり、新鮮な状態で管理することができる。

「ななななっ……!?」

ガラットは顎を落とし驚いている。

「なるほど、封印しちゃえば輝きを維持したまま持ち帰れるんだね」

「そういうことだ」

「――なぜだ!?」

ガラットが声を荒げた。

「なぜ貴様が封印術を使える!?　それはバル翁しか使えない術のはず――まさか貴様、バル翁の弟子か!?」

　こいつ、爺さんの知り合いだったのか……。

　不思議ではない。ガラットはディアと仕事をしている。ディアはほぼ間違いなく爺さんのことを知っているし、そこから繋がったのだろうと予測はできる。

「お前、爺さんとはどんな関係だったんだ?」

「命の恩人だ。呪いを受けたばかりの頃、魔物に襲われ死に掛けたところを救われた。その礼として戦闘服を作ってやったのがバル翁との絆のはじまりだったな。それ以来、バル翁の戦闘服を作成してきたのは吾輩だ。シール、今バル翁はどこに居るのだ?」

「それは……」

　ガラットが尻尾を振って聞いてくる。

「オーダーされていた服があるんだが、いつになっても取りに来ない。噂ではあらぬ罪で投獄されたと聞いていたが、弟子がここに居るということはあの人も――」

「死んだよ」

　誤魔化さずにハッキリと言う。

「爺さんは死んだ。一か月前にな」

「そんな……!」

　ガラットは目を伏せ、悲しみを噛み砕いた後、吠えるように声を出した。

「ふざけるな!! 特注しておいて、勝手に死ぬなど……! 契約違反だ。ふざけるな……」

なんて声をかけてよいのかわからなかった。

だから、頭に浮かんだ言葉をそのまま口にする。

「悪いな」

爺さんの代弁をするように言う。不器用に笑いながら。

ガラットはオレの顔を見て、食いしばった口を閉じ、逆立った毛を鎮めた。

——その時だった。

1つの影が、〝ゾーラークリスタル〟の上に落ちた。

「【ガアアアアアアアアアアアアッッ!!!!!】」

紅蓮の翼、紅蓮の鱗。

黄色の眼をしたドラゴンが飛来した。

「ドラゴン!?」

シーダスト島で見た黒竜よりはかなり小さい。全長は5〜6メートルほどか。子供の竜だろう。

だけど、放たれる威圧感は強烈だ。

「そういや、近くの渓谷でドラゴンがよく出るってレイラが言ってたな……!」

「しかし、この辺りまでドラゴンが来ることなどないはずだ!」

ドラゴンの眼にはオレ達は映っていない。奴の眼に映っているのは黄金色に輝くクリスタル。よかった、奴がクリスタルに集中している間にとっとと退散――

「いかん!　〝ソーラークリスタル〟を守れ!!」

「って、そうなると思ったよ……!」

オレは〝獅〟と書き込まれた札を握る。

「解封《オープン》ッ!　〝獅鉄槍〟ッ!!」

〝ソーラークリスタル〟に飛び掛かる飛竜に向けて槍を伸ばす。飛竜は槍に反応し、飛び退いた。

飛竜の殺意がオレに向いたのを肌で感じた。ビリビリと空気が震える。

飛竜は口元に火を溜め、吐き出す。人間を丸焼きにできる大きさの火球だ。正面に飛び出して火球を避ける。息をつく間もなく、火の雨が降ってくる。

「アシュ!　ガラットとクリスタルを守ってくれ!　飛竜はオレが叩く!!」

「りょ」

アシュが水魔術でカーテンを作り、クリスタルを包み込んだ。

「とは言ったものの、どうやって倒すかね……」

オレは壁を駆けあがり、洞窟の上へと昇る。

「ちっ!」

飛竜はオレが届かない高度から炎を叩きこんでくる。

野郎め、自分の得意な間合いをわかってやがる。槍を伸ばしてもあそこまでは届かん。

足に力を込めて飛び上がる。

「うおっ⁉」

想像していたより高く飛んだ。体がなんだか軽いな。

ジャンプが最高到達点に辿り着いたところで獅鉄槍を伸ばす。ジャンプ＋槍伸ばし。これなら届く。

「おぅら！！！」

突き伸ばした槍を、飛竜は旋回して躱した。

駄目だ。距離は足りてもこの間合いじゃ見て反応されちまう。

ならば――

「封印《クローズ》」

伸ばしたまま槍を封印する。

得物を失ったオレを見下ろし、飛竜は接近しながら炎のブレスを吐く。

さっきのように一発一発で区切りのあるブレスじゃない。滝のように炎を生み出し続ける。

「おおおおおおっっ⁉」

洞窟の上を走り回る。

常に攻撃を出し続けられるはずがない。どこかに切れ目があるはず。

アイツが息継ぎをした瞬間が狙いどころだ。

すぅ。と、飛竜がブレスをやめ肺に空気を溜めた。

獅鉄槍を封印した札を手に持つ。後は獅鉄槍を解封させ、奴を串刺しにするだけなのだが、ここで問題が発生する。飛竜は攻撃のタメを狙わせないように高速で旋回を始めたのだ。

「狙いが定まらん……！」

オレが手をこまねいていると、一筋の雷撃が飛竜に突き刺さった。雷撃は〝ゾーラークリスタル〟のある場所から飛び出た。恐らくは、アシュの攻撃だ。

「ナイスだアシュ！」

飛竜は雷撃により体を痺れさせ、硬直。

オレは飛び上がり、札を前に出す。飛竜は痺れる体に活を入れ、攻撃を避けようとする。

残念だが飛竜よ。さっきの槍撃と違って、この技は見てから反応するのは不可能だ。

「**解封**《オープン》ッ！」

伸ばしたまま封印した獅鉄槍を解封、札から飛び出た勢いで槍は飛竜の胴体を貫いた。

【がっ！！？】

屍帝にもやった技だ。伸ばしたまま獅鉄槍を封印して、解封した勢いで相手を突き刺す奇襲攻撃。

単純な技だが強力だ。これを初見でなんとかできる奴はほとんどいないはず。

槍の一撃を受けても飛竜の眼は死んでいない。

オレは槍の柄を駆けあがり、

「ルッタ」

ルッタを解封し、右手に握って飛竜の首を斬り裂いた。

（武器名呼びでの解封も上手くいったな。魔力消費は多くなるが、こっちの方が早く出る）

獅鉄槍とルッタをそれぞれ右手左手に持ち、空中から〝ゾーラークリスタル〟の前に着地する。

「ん？」

結構な高さから落ちたが足にダメージがない。飛竜との戦いの時も体が軽かった気がする。

パールとの修行のおかげか。

「怪我はないか？　ガラット」

「……っ!?」

ガラットの方を振り向きつつ、オレが言うと、なぜかガラットは面食らった顔をした。

「どうした？」

「いや……いつかの日の、バル翁の姿がお前と重なった。なるほど、これが師弟というものか。よく似ている」

肉球をこっちに向けてガラットは言う。

「〝ムーンクリスタル〟を集めてくれ。護衛代とは別に報酬を払おう」

「へいへい」

〝ムーンクリスタル〟を集め終わる頃には日が暮れ始めていた。

「さて、これぐらいあれば十分だろ。そろそろ帰ろうぜ」

「あ、シール、脇腹のところ……」

「脇腹？」

あ。服が破けている。

「おっかしいな。攻撃は受けなかったはずだけど……」

「……その服、魔術師向けの服ではないな。あれだけ飛び回れば普通の服では耐えられまい」

そうか。パールとの修行を経て、成長したオレの動きに服がついて来られなくなったのか。

「帰ったら貴様の体のサイズを測らせろ」

洞窟を歩いていると、ガラットがそう言ってきた。

「どうして？」

「バル翁のために作った戦闘服をお前のサイズに作り直してやる」

「爺さんの戦闘服をオレに？」

「ああ。封印術師が求めた服だ。封印術師に着せるのがいいだろう」

「マジか！　すげぇ助かるぜ！」

洞窟の中から外へ出る。

◆

錬金術店〈ケトル＝オブ＝ガラディア〉に戻ると、コクンコクンと頭を上下させる猫耳女子の姿があった。涎でマフラーを濡らしている。

「もふかわ……」

まぁ確かに愛くるしい姿だ。

しかし人に頼んでおいて寝るか普通。コイツ、錬金術師としての腕は知らないが店員としては失格だな……。

「起きろディア！」

ガラットが肉球でディアの頬っぺたを叩く。

ディアは薄く目を開いた。

「ふにゃ」

はじめて猫らしい語尾が出た。

「お疲れっす。収穫はどんな感じっすか？」

「〝ムーンクリスタル〟が大量に手に入った。こやつは封印術師でな、鮮度を保ったまま〝ムーンクリスタル〟をここまで運ぶことができたのだ」

「なんと」

萎れていたディアの耳がピンと立つ。

「それはそれは報酬を弾まないと駄目っすね」

「そんじゃ、ブーメランの作成費用をタダにしてくれないか？　今、手持ちがあまりないんだよ」

「いいっすよ。じゃあ、さっそく錬色器の作成に入るっす」

「錬色器？」

「錬金術で錬魔石を付けて作成した武具のことっす」

「ルッタや獅鉄槍、オシリスオーブのことか」

「「オシリスオーブ!?」」

ガラットが大声を出した。それだけならまだしも、あのおとなしいディアまで声を大にして驚いた。

「も、持ってるんすか？　オシリスオーブを、本当に？」

「ああ。見るか？」

「早く見せろ!!」

2人共目が怖い。

「わかったって。ちょっと落ち着けよ」

〝死〟と書かれた札を台に置く。

「解封《オープン》」

赤色の錬魔石を宝石代わりに飾った指輪。

指輪を解封し、カウンター台に並べる。

「「なっ……!?」」

ディアとガラットは自分達の頬をくっ付け、食い入るようにオシリスオーブに焦点を合わせている。

「な……な……なぜだ！　なぜ貴様がこんな物を持っている!?」

「間違いないっす。オシリスオーブっす！」

「そんな有名なモンなのか？」

「百年前、名を馳せた伝説の錬金術師コンビ〝アルカナ〟！

そのアルカナが残した22の錬色器の内の1つだ！

売れば2億ｏｕｒｏは下らない指輪だぞ！」

「に、おく……？」

「融度は11。いや、眼を見張るべきはこの造形……仕組みっす。これは、呪いと祝福を込めているんすか……？」

「いいや似ているが違う！　信じられん、これほどの技術を百年も前に……」

興奮し、白熱する錬金術師。

ディアの耳が上げ下げしている。動揺が伺えるな。

「こ、これを売ってくれ！　これを売ってくれればこの店にある錬色器を全て渡そう！」

「欲しい物なんでもあげるっす」

「わりぃがこれはなにがあっても売れないんだ。

——数少ない、あの人から受け取った物だからな」

オレはオシリスオーブをつまみ上げる。

「むぅ……そうか。元々の持ち主はあの人だったのか。ならば……仕方あるまい」

「オシリスオーブが見たいならいくらでも見せてやる。その代わり、ブーメランのこと頼むぜ。明後日までに必要なんだ」

「明後日っすか？　さすがにそれは無理っすよ」

「なに!?」

「どれだけ急いでも五日はかかる」

「ま、まじか……そこをなんとかできないか？　少しぐらい妥協してもいいからさ」

「妥協？　妥協だと！　貴様、職人を舐めているのか!?」

ガラットが吠えるように声を出した。

「ウチら錬金術師に妥協は許されないっす。1つの故障、1つの不備で信頼を失うっすから。ましてや、ウチらが作るのは武器。欠陥があれば命に関わる。中途半端な物を出せないっす」

「——なるほど。悪い、失礼なこと言ったな」

「錬色器を明後日までに仕上げるのは無理だが、戦闘服の方はなんとかなるだろう。サイズを変えるだけだからな」

「それならそっち優先で頼む！　明後日はどうしても勝たなきゃいけない決闘があるんだ」

「いいだろう。明後日の朝、また工房に来い」

「了解だ」

〈ケトル＝オブ＝ガラディア〉から出て、パール宅で一夜を過ごす。

ベッドで横になりながら、オレは決戦に必要なモノを考えていた。

（まだ地力ではレイラには勝てないだろう。手札が足りない。必要なのは中・遠距離で戦える武器と、アイツが想像もつかない奇襲性のある策。後は〝流纏〟対策か。あと一日で必要な手札を揃えないとな……）

決戦前日は決戦の準備をしているだけで終わった。あっという間に時は過ぎ、決戦の日がやってくる。

第四十九話　レイラの独白

わたしは物心つく前からおじいちゃんにベッタリだった。不思議な術を使うおじいちゃんが、ひたすら私を甘やかすおじいちゃんが大好きだった。

おじいちゃんはよく手品を見せるように封印術を見せてくれた。

子供の頃のわたしは単純で、1枚の紙きれから指輪や宝石を出すおじいちゃんの術を見てすっかりおじいちゃんの虜になってしまった。

そんな摩訶不思議なおじいちゃんの術を見て、わたしは魔術師になることを決めたのだった。

もちろん、おじいちゃんが使っていた封印術には強烈に憧れた。学ぼうとしたけど、わたしには封印術を使うのに必要な魔力がないと知って諦めた。

当然おとなしく諦めたわけじゃなく、わたしは一日中おじいちゃんの真似事をして、そして本当にできないと知って次の日はずっと泣いてたっけな。

毎年、天逆の月にはおじいちゃんと一緒にこの街《マザーパンク》に来て一週間一緒に暮らした。

年中忙しそうにしていたおじいちゃんもこの七日間だけは一緒に居てくれた。

おじいちゃんはねだるとなんでも買ってくれた。洋服も、ぬいぐるみも、なんでも。でもわたしはいつからかお金のためにおじいちゃんと遊んでいると、そう思われるのを子供ながらに本能的に嫌がって、7歳の時の旅行ではなにひとつおじいちゃんにねだらなかった。

その年の七日目、おじいちゃんは何も言わずにぬいぐるみを買ってきた。

不細工で、ヘンテコなクマのぬいぐるみだ。

正直まったく好みのぬいぐるみじゃなかったけど、おじいちゃんが何時間も家を離れてそのぬいぐるみ1つだけを買ってきたから、きっと凄く悩んで決めたんだろうなって思い、その不細工なぬいぐるみをわたしは笑って受け取った。するとおじいちゃんは安心したかのようにほほ笑んでくれた。

おじいちゃん的にはなにもねだられない方がどうしていいかわからず悩ましかったそうだ。

それにしてもまさか、あんな可愛げの欠片もないぬいぐるみを買ってくるなんて……。

そう、基本的に不器用な人だった。口数もそう多いわけじゃない、いつもどこか寂しそうで……儚くて。悲しそうな顔をしていた。

でも、わたしを膝に乗せている時だけはなにかが満たされたかのように笑っていた。

おじいちゃんはいつもわたしを気遣って、よく『体に異常はないか？』、『どこか痛いところはないか？』ってしつこく聞いてきたっけ。心配し過ぎだよ、とわたしはいつもそう返していた。それでも会う度に同じことを聞いてきた。本当に心配性な人だった。

自分で言うのもなんだけど、おじいちゃんはわたしのことを溺愛していた。とてつもない愛情を感じていた。わたしも、同様の愛情をおじいちゃんに返していたと思う。

優しくて、大好きだったおじいちゃん。


――でも、あの人はわたしを裏切った。

人体実験という最悪の罪を犯して……。


「……シール＝ゼッタ」

シール君と離れ、部屋に戻っても、苛々は収まらなかった。

ふと、ベッドの上にある不細工なぬいぐるみが目に入る。

わたしはベッドの上に転がった不細工なぬいぐるみを踏みつぶし、彼の顔を思い出す。


「シール、ゼッ、ッ、タ……！」


この感情はなんだろうか。

ひたすらに、彼の存在が許せない。

封印術を学び、まるでおじいちゃんのことをなんでも知ってるかのようなあの顔が許せない。

――『一応伝えておく。爺さんは死んだぞ』

「どうでもいい……」

わたしはおじいちゃんが大嫌いだ。

あの人のせいでわたしは全てを失ったんだ……！

「どうでもいい、どうでもいい……！」

わたしは何度もぬいぐるみを蹴る。

何度も何度も……

「悲しくなんてない。

わたしはおじいちゃんを恨んで、憎んで、嫌っているんだから――」

――悲しくなんてない。

わたしはぬいぐるみから足をどかす。ぬいぐるみは、わたしの蹴りを受けてもまったく損傷していなかった。無意識に、加減していたようだ。

「封印術を、なんで君が。

どうして君が、おじいちゃんが死んだことを知ってるの……」

喉から手が出るほど憧れた技を、なにを失っても欲した術を、彼は持っている。

さも当然のように……わたしがどれだけ封印術を望んだのかも知らないで。

おじいちゃんの赤の他人である君が……。

絶対に負けたくない。

否定したい。

おじいちゃんの弟子、その存在を、どうしても——許せない。

ぱっと見、彼の実力はそこまでじゃない。

魔力の圧力をほとんど感じなかったし、強者特有の雰囲気もなかった。

彼よりも、その隣に居た女の子の方が強いと感じた。

「……。」

あの女の子の蹴りを受け止めた右腕、まだ少し痺れている。

長く魔術から離れていたから感覚が鈍っていた。でも大丈夫、この一週間で感覚は取り戻せた。

彼、シール君は魔術学院の指標で言うなら多分、三等生《さんとうせい》レベル。一等生《いっとうせい》だったわたしの相手じゃない。わたしは模擬戦で負けたことはない、上級生にも教師にも勝ったことがある。

感覚さえ取り戻せば絶対に負けない自信がある。

おじいちゃんの唯一の弟子、おじいちゃんが最後に遺した存在。その秘術を教えた存在——全部、全部、否定してやる。否定して、壊してやる。

おじいちゃんへの憎しみを、全部君にぶつける。

「存分に、虐めてあげるね……シール君」

自分の瞳から光が消えていくのを感じた。

第五十話　シールvsレイラ　その1

古《いにしえ》の闘技場〈カタロス〉。

ドーム状に広がる空間。中には円形に広がる観客席、中央には正方形のステージ。全て石造りだ。

陽の光は屋根が遮断しているため、灯りは魔成物のロウソク。丸いガラス細工だ。緑の錬魔石が中心に埋め込まれており、恐らく魔術の要領で火が灯されている。

「おーい！　スタートはまだかぁ!?」

「待ちくたびれたぞ！」

「本当に面白い試合が見られるんだろうなぁ!?」

観客席には多くの客が酒を飲みながら座っていた。

騎士も居れば商人、そこらの酔っ払いも居る。

オレはステージに立ち、隣で腕を組んでいるパールに目を向ける。

「おいパール。客が居るなんて聞いてないぞ」

「はっはっは！　ただで闘技場を借りるのは無理だ！　せめて客を寄せ、1イベントとして経費で落とさないとなぁ！」

「人を勝手に見世物にしやがって……つーかなんでキレてるんだアイツら？」

「私が間違えて30分早い時間を伝えていたからだな！　失敬！」

「……おかげさまですげーやりにくいんだけど」

「む？　ところでシール、その恰好……」

パールがオレの新装備をまじまじと見る。

今朝、〈ケトル＝オブ＝ガラディア〉で着替えてきた。

肌にピッタリと付く半袖のシャツと長ズボン。ライトアーマーも付いている。以前の服よりもかなり動きやすい。服に対して重みを感じない。なのにガラット曰く、巨人に引っ張られても破れないほど頑丈らしい。

「新戦闘服だ。ディアとガラットに作ってもらった」

「どこか……懐かしさを感じる服だな」

「元々は爺さんのために作られた服なんだ」

「そうか！　道理で！　よく、似合っておるぞ。シールよ」

パールは嬉しそうにそう言った。

「ずっと気になってたけど」

オレはステージの外に目を向ける。

ステージの外にはパールの他に3人の騎士が居る。
全員女性だ。
「なんだそいつらは？」
「白魔術師だ！　なにかあった時、すぐに君たちの傷を癒せるように連れて来た。
——おっと！　ようやくもう1人の主役が登場だ！
脇役たる私はステージから出るとしよう」
待つのに飽きた観客の罵声が飛び交う中、ついにレイラが現れた。
紺色のブレザーに赤いスカート。学院の制服だろうか。校章が肩に入っている。
「早いね。シール君」
「逃げずにちゃんと来たみたいだな」
「逃げるわけないじゃない。君に勝ってわたしは証明するんだ。
おじいちゃんが、アイン＝フライハイトがどれだけ最低《クズ》な人間だったかを……」
アイン＝フライハイト。
それが爺さんの本名か。
「——あぁそうかい。
お前が勝とうが爺さんの人格は決まらないと思うがな」
「確かにそうだね。

じゃあ証明じゃなくて否定だ。

わたしは否定する。あの人の研鑽を、術を否定する。

人体実験をしてまで得た、悪魔の術をこの手で叩き潰す」

「やれるもんならやってみな。そのくだらない妄想ごとテメェを封印してやるよ」

レイラがオレを睨む。

オレがレイラを睨み返し、一歩前に出ると、後ろで可愛らしい「その調子よー！」という声が響いた。残念ながらよく聞いたことのある声だ。

「そこよ！

そこで中指を立てなさい！　こうよ！　こう！」

「シュラ……」

シュラは中指を立てて舌を出す。

オレは後ろを向き、シュラに近づく。

ステージと観客席の間には段差があり、溝になっている。そこにシュラは居た。

オレはステージの上から身を屈め、ステージに手をつくシュラに視線の高さを合わせる。

「お前さぁ、なんでここに居るの？

観客席に行ってろよ。うるさいから」

「はぁ!?

私はアンタのセコンド！　セコンドよ！

ばっちり的確な指示を出してあげるから感謝しなさい！」

「嫌な予感しかしねぇ……。

っと、わりぃシュラ。そこに落ちてる麻袋取ってくれるか？」

「うん？　これ？」

シュラが足元に落ちている両手で抱えられる大きさの麻袋を掴み、ステージの上に乗せる。

オレは「さんきゅ」と麻袋を掴み上げ、再びレイラの方へ足を向けて歩みだす。

「シール！」

振り向くと、シュラがグッとサインを作っていた。

「勝ちなさい！　命令よ！」

「へいへい。仰せのままに」

オレはレイラと二十歩の距離を離して立ち止まった。

「なにかな？　その袋」

「ビックリドッキリ秘密兵器だ。楽しみにしておけ」

鐘が鳴るまであと30秒というところで、ステージの外で仁王立ちするパールが大声を出した。

「それではルールを説明する！

敗北を認めるか、場外に出るか、戦闘続行不可能と私が認めた時、負けとする！」

パールの説明を聞きながらオレは麻袋の紐を解く。

「なぁレイラ、戦う前に1つ――予言してやろうか？」

「いいよ、言ってみなよ」

オレは麻袋の口を右手で握り、持ち上げる。

そして左手をポケットに突っ込み、挑発するように言う。

「この戦い、先手は必ずオレが取る」

「……面白い冗談だね」

「それでは互いに正々堂々と戦うように！

以上――」

――鐘の音が街中に響いた。

パールの「始め！」の声でオレ達は動き出す。

オレは麻袋の両端を掴み、思い切り振って中身をレイラの頭上に向けてぶちまけた。

麻袋の中身、それは――

「ゴミ……？」

丸めた、大量の紙だ。

しわくちゃの紙の玉だ。一見すればただのゴミ、だが……。

「――違うっ！」

封印術を知っている者からすれば大量の武器の山だ。

レイラはすぐさま気づいたのだ、この紙くず1つ1つに凶器が潜んでいることに。

レイラは形相を変える。

「〝火炎よ、立ち昇れ〟ッ！！！」

レイラは指先に形成の魔力を溜め、炎を指に灯した。

紙くずを自分の間合いに入る前に焼き尽くす気だ。

「……させねぇよ」

オレは地面に右手をつき、呪文を唱える。

「――封印《クローズ》」

オレの右手からレイラの足元にかけて出現する、五角形の赤い字印。

――魔力封印の字印だ。

昨日、このステージに来て、床の色に極力似た色で字印を描いておき、上から砂を被せておいた。

魔力さえ込めれば色を出し、目立つが、魔力を込めなければまずバレない。

オレが先にこのステージに来たのも東側にレイラを誘導するためだ。西側でオレが待っていれば自ずとレイラは罠が仕掛けられた東側に立つことになる。

全て、予定通りだ。

「魔力封印ッ!?」

やはり、レイラは魔力封印を知っていたか。だが関係ない。お前はもう反応がワンテンポ遅れている。

巨大な五角形の字印、その中心に居るレイラに対し魔力封印が発動される。これがギリギリの大きさだった。魔力封印の字印は大きすぎると性能が弱まる。だからこのサイズだと、精々魔力を乱すのが限界。

「まさか、君は予《あらかじ》め――！」

レイラの指先の炎が乱され、消える。

宙を舞うゴミ屑達。

ゴミ屑がレイラの頭上に位置したところでオレはさらに呪文を重ねる。

「**解封《オープン》**」

ゴミ屑から吐き出されるのは7つの赤き結晶、爆氷珊瑚《コーラルクラッカー》。例の洞窟で採取した炸裂する結晶だ。

爆氷珊瑚はレイラの足元に落下する。衝撃を受け、爆氷珊瑚に光が満ちる。

「――ッ！！？」

「予言、的中だ……」

破裂する珊瑚、巻き起こる爆風。

これで終わりじゃない。オレは地面に手をつき、五角形の字印に己の魔力をギリギリまで送り続けていたからな。

爆氷珊瑚の爆発によって同時に五角形の字印が刻まれた地面が割れ、地面に封印していた分の魔力が解放・破裂する。

誘発される爆発、二段階の先制攻撃が炸裂する。

闘技場中に、煙が散漫するほどの爆風が巻き起こった。

爆音が鳴り響き、観客の罵声はすっかり聞こえなくなっていた。

第五十一話　シールvsレイラ　その2

「やっべ、やりすぎたか？」

よ、予想外の火力だ……これは普通にまずいんじゃないか。

字印から距離を取っていたオレまで爆風でステージ端に飛ばされた。

「大丈夫か!?　レイラッ！！！」

オレはレイラを心配し、煙に向かって走り出す。

さすがに今の火力じゃ爺さんの孫娘でも――

「ばっか！　シール！　上よ！！！」

シュラの声に引っ張られ、オレは頭上を見上げる。

ナイフを4本ずつ、右手左手に持ったレイラが空からオレを狙っていた。

「舐めすぎだよ……シール君!!」

服が破け、体に数か所傷跡を作っているが、動きを鈍らせるほどの大ダメージは負っていない様子だ。

「――降雨狙撃《レインスナイプ》ッ！！！」

一斉に投擲される8本のナイフ。投擲自体は同時だったが、それぞれのナイフには速度差があった。

「無用な心配だったな……！」

オレは思い切り前へ飛び込み、ナイフを躱す。先頭のナイフが地面に刺さり、地を砕いて砂煙を上げる。その砂煙に残りの7本も入っていった。

「予想より、はやはやだ……いっ!?」

おかしい。オレはナイフを完璧に避けたはずだ。

なのに、右わき腹に熱い痛みを感じる。

痛みの先に目を向けると、鉄のナイフが背後から刺さっていた。

「ナイフ？　どこから――」

浅いが、どうして……確かにオレはナイフを全部見切ったはず。

レイラの四つ目の魔力に関係あるのか。

副源四色、虹。〝方向転換の魔力〟とか〝透明化の魔力〟とかか？

それともただの風魔術でナイフの軌道を操作して回り込ませたか。青魔で時間差で放ったか。

「いいや」

オレは先ほど躱したナイフを見る。

地面に刺さったナイフの本数は——7。レイラが投擲したナイフの数は8だったはず。

1本足りない。

その1本がオレの脇腹に刺さったナイフだとすれば軌道変更の線は薄い。あの位置からオレの背後まで周ってきたなら、さすがにオレの視界に入るはずだ。

「休む暇はないよ」

レイラは着地するやいなや、一歩でオレとの距離を詰めてくる。

接近戦だと？　封印術師の能力を知って、敢えて前に出るなんざ自殺行為だ。

「解封《オープン》！」

オレは短剣《ルッタ》を札から弾き、右手に装備。順手でレイラのナイフを受け止める。

パールとの修行の経験を活かし、レイラの動作を読んで短剣を振るうが、レイラの両手のナイフは華麗にオレの斬撃を流した。レイラの伸びた足がオレの脇腹を蹴り飛ばす。

「ととっ!?」

蹴りの衝撃で脇腹に刺さったナイフが揺れ、痛みが走る。

オレはナイフをすぐさま抜いて、前に出てレイラと刃を合わせた。

「良い剣捌きだね。

付け焼刃にしては」

「お前はちょっと強すぎるんじゃないか？

女の子はもうちょい、か弱い方がモテるぞ……！」

しかし何が目的だ？

パールの話だとレイラの基本戦術はナイフの投擲による遠距離攻撃。なのになぜここまで接近する？

オレは封印術師、一発殴ればワンチャン字印が入ってゲームセットだ。

そんなリスクを背負ってまで接近する意味がどこにある。

まさかコイツもオレと同じで、近接での一撃必殺を持ってるのか？

「――ふっ！」

レイラはX字に両手のナイフを交差させる。

オレは攻撃を短剣で受け、後ずさりながらもレイラの追撃を受け流す。

パールのオッサンとの修行がなかったら簡単に崩されてたな……。

「そこよ！　そこで足っ！　足を出しなさい！

あーもう！　なにやってんのよ！　そこでフック！　引くな引くな！　押せぇ！！！」

場外でシュラが暴れている。

うっせぇ！　オレはお前ほど身軽じゃねぇんだよ！

「馬鹿ッ！

止まるな！！！」

レイラが左手のナイフを近距離で投擲。オレは反射的に片眼を瞑り、首を捻って躱す。

隙あり、とレイラは空いた左手でオレの右手首を掴んだ。

「ちょい待ち！」

なんてオレの制止を聞くはずもなく、レイラは手首を回転させた。

――視界が回転した。

投げられた。綺麗に体が側転した。

気づいたら地面に背中がついていて、上からナイフを振り下ろされようとしていた。

「シール！！！」

「終わりだよ！」

絶好のタイミング。

オレは右脚を振り上げ、靴の裏をレイラの腹に向ける。

オレの右足の靴の裏、そこには円形の魔法陣が描かれている。

――〝獅〟と書き込まれた魔法陣が……。

「**解封**《オープン》、〝獅鉄槍〟」

「――ッ!?」

決戦前に、伸ばして靴に封印しておいた獅鉄槍を靴の裏から出現《解封》させる。

獅鉄槍は石突の部分から出現し、レイラの腹を押した。

「ぐっ！」

シュラの協力も得てステージ端からでも観客席まで届く長さで封印していたものだ。

順当にいけば場外ＫＯになる。

はずなのに、槍の石突が消滅し、槍は硬さを失って曲がりくねった。

レイラに視点を合わせる。彼女は全身に渦巻く青い魔力を纏っていた。

「出たな〝流纏〟……！」

「今のは、やばかったよ……シール君」

獅鉄槍に込めた魔力を操作《青》の魔力で散らしたか。

仕込み魔力封印からの爆撃、靴裏からの獅鉄槍。

どっちも完璧に決まったのに、これでも足りないか……！

「シール君、もういいよ」

レイラは動きを止め、両手を広げた。

「この戦い、ここで手打ちにしよう」

「おっと、思わぬ提案だな」

「君の動きを見れば君がどれだけ努力してきたかわかる。

わたしと同じように子供の頃から魔術の訓練を凄い頑張ってきたんだよね？」

いいいや、そんなことはないんだけど。

「その努力をもう奪おうとは思わない。

封印術師を辞めろとは言わない。おとなしくこの街から出て行けばもうなにも言わない。

それで、この勝負は終わりに――」

「なんだレイラ、ビビッてるのか？」

レイラの和解の提案を、オレは突っ撥ねる。

「オレが思っていたより善戦するから、自分が負ける可能性が僅かでも出たから手打ちにしようって？

なぁレイラ。お前、やっぱり手紙を読むのが怖いんだろ」

「どういう意味かな？」

「爺さんが死んだ事実を受け止めるのが怖いんだ、お前は」

「違うから。もう黙って……」

「呪いで爺さんの命が短いことはわかってたんだろ？

だから嫌って……爺さんに憎しみを抱くことで、爺さんが死んだことを悲しむのを回避した」

「わたしがおじいちゃんのこと嫌いなのは本音だよ！　嘘じゃない！

わたしはおじいちゃんが嫌いで、大嫌いで――」

「本当に爺さんを嫌っていたらあの家に住めるはずがない、爺さんとの思い出が詰まったあの家に
……爺さんの部屋のドアプレートも残して、爺さんから貰ったぬいぐるみまで置きっぱなしでな」

「それは、他に住む場所がなかったから」

「パールのオッサンに頼めばいくらでも家に泊めてくれたはずだ。会ったばかりのオレやシュラを簡単に泊めてくれたんだからな」

「うるさい――」

「お前はわかってるんだ。爺さんからの手紙を読めば、その感情から逃げられないってな。大切な人を失った悲しみから逃げられないと――」

「うるさいっ!!!」

レイラは顔をしかめ、瞼を震わせてオレを見た。

「それ以上変な憶測で喋ると、全部の指にナイフを突き刺すよ。シール君……」

コイツは心のどこかでわかっているはずだ、爺さんが悪事に手を染めていないことを。

でも爺さんを悪役にしないと自分の心を保てなかった。

熾烈ないじめ、学院からの追放。そしてオレという、コイツ自身が憧れたはずの爺さんの弟子の存在。

そこにさらに大切な人間の死が重なったら、自分の心が壊れると直感した。

だから彼女は否定する。

愛情を否定する。そうすれば悲しむ必要はないと思ったから。

問題を遠回しにしているにすぎないと、わかっているはずなのに。

「君は、なにも知らないんだよ。

アイン＝フライハイトがどれだけ身勝手な人間か」

向き合わないといけない。向き合わせないといけない。でないと彼女は一生この街から外に出られない。

オレはレイラという少女をそこまで好きじゃない。面倒くさい性格だし、地雷だらけの性格だし
……料理は下手だし。たまに目の中から光が消えるしな。

だけどオレは死力を尽くして彼女に手紙を読ませなくてはいけない。

彼女に前を向いて歩いてもらわないといけない。彼女に、心の底から笑ってもらわないといけない。

理由はただ1つ。断言できるからだ。爺さんの未練の中に、彼女の存在があると。

レイラのためじゃない、オレは師匠《アンタ》のために、剣を振るう。

「年に数週間しか家に帰らないで、いつもおばあちゃんは寂しそうだった。

封印術という希少な術を、誰にも教えず長い間独占した。多くの人が大金を持っておじいちゃんの所へ弟子入りを願いに来た！　そのお金があればお母さんもお父さんももっと楽ができたのに、あの人は断った！　挙句の果てにどこの誰とも知らない君なんかに封印術を引き継がせた！」

レイラの両目が見開く。

「君はアイン＝フライハイトを知らなさすぎる！」

レイラはナイフをばら撒きながらオレに接近する。

オレは右手の短剣と左手の槍で丁寧にナイフを弾き、待ち構える。

レイラは1本のナイフを投擲する。

これでレイラの手にはなにも残っていない。


なにをする気だ？　オレは武器持ちだ。コイツの身のこなしは凄いが、それでも無策すぎ――

「っ!?」

眼前に迫ったナイフを弾いたタイミングで、再び意識外の痛みが右肩に走る。

オレは痛みから短剣を落とした。

肩を見ると、やはりナイフが刺さっていた。

「どこから……!?」

いや、今はそれよりも――

「ちっ！」

レイラはすでに槍の間合いに入っていた。

オレは槍で迎撃を試みるがレイラは簡単に回避する。レイラは右手を引いて、腰を落とした。

打ち込み、掌底による打ち込みをする気だ。だが、そんなの受けた所で大したダメージには……。

「ねぇシール君。

〝流纏〟を防御にしか使えない、って考えてないかな？」

レイラの右手に渦巻かれる青き魔力。

頭に過る、1つの理論。

対象の魔力を散らす技、〝流纏〟。

もしそれを直接打ち込まれたら、防御に使っている赤の魔力、強化の魔力はどうなる？

──最悪の結末が脳裏に走った。

「まずい──！」

「〝流纏掌《るてんしょう》〟」

渦巻く青魔を宿したレイラ渾身の打ち込みがオレの腹に炸裂する。

螺旋の衝撃が背中まで伝わった。

「あ、が……！」

オレの赤魔《鎧》はレイラの青魔《槌》に割られ、剝き出し、生身のボディに強化された掌底が突き刺さった。

「──んぷっ！！？」

口の中に鉄の味が広がった。

第五十二話　シールvsレイラ　その3

宙に浮き、痛みに顔を歪めながらもなんとか足を伸ばす。

つま先を地面に擦りつけ勢いを弱める。

ステージギリギリのところでオレは止まり、片膝をついた。

「かはっ！」

血の痰が喉に絡む。

息苦しい……呼吸を整えろ。まだ勝負は終わっちゃいない。

「どうして……」

レイラが『おかしい』と顔色で表している。

そうだろうな、今の攻撃……直撃していたらオレの意識は飛んでいたはずだ。

レイラはオレの手元の伸びた槍を見て、オレの意識が健在な理由を知る。

「槍を伸ばして、後ろに飛んで直撃を免れたんだね……！」

その通り。

あの掌底が当たる直前で、オレは槍を地面に伸ばして体を下がらせた。

「間一髪だぜ、ったくよ……」

しかし、掠っただけでこの威力。

直撃は勿論、掠る程度でも次貫ったら耐えられない。

ボソボソと、会場の観客の声が耳に飛び込む。いつの間にか会場中が静かになっていることに気づき、オレは観客席に視線を送る。

スタート前とは大違い。

観客の視線は酒瓶からステージへと完全に移行していた。

「おい、あれがガキの喧嘩か？」

「馬鹿言うな……！

普通に騎士団小隊長レベルはあるぞ、アイツら！」

徐々に盛り上がる観客の声。

気楽でいいな。こっちはマジでヤバいってのに。

「おっとと！」

唐突に、足元が乱れた。

膝が震えている。

視界もちょっと霞んできてるな。

肩と脇腹にナイフ貰ってるし、今の〝流纏〟の一撃が思ってたより重かったようだ。

「しぶといね、シール君。はっきり言って舐めてたよ。

まさか、ここまで戦いが長引くとは思わなかった」

レイラは右手の人差し指と中指を合わせ、前に出した。

「ご褒美をあげなくちゃね。

見せてあげるよ、わたしの全力ってやつを……」

そう言ってレイラは指先に虹色の魔力を灯し、空《くう》に陣を描き始める。

「副源四色、虹の魔力……！」

「――そう。これが、わたしの4つ目の魔力だよ……！」

オレは前に出る。直感的に、なにかヤバいと感じた。

レイラは指で、目の前の空間に2つの魔法陣を描いた。

拳サイズの小さな魔法陣だ。2つの魔法陣の内の1つがオレの頭上を越えて背後に位置する。

レイラは右手にナイフを形成し、そのナイフを残った正面の魔法陣に向けて投げた。

オレは足を止め、身構えるが、ナイフは魔法陣に触れると消失した。

「消えた!?」

「転移狙撃《ワープスナイプ》」

背中に鋭い痛みが走る。

ナイフが深く、オレの背中の中心に刺さっていた。

「嘘でしょ。

魔法陣から、魔法陣にナイフが移動した……?」

シュラのそのリアクションを聞き、オレは彼女の虹色の魔力の特性を理解した。

「瞬間移動の――魔力か!?」

「正確には〝転移《てんい》の魔力〟だよ。

わたしの魔力は物を消し、移動させる!」

投げナイフと転移……えーっと、これはアレだな。うん。

――さ、最悪の組み合わせじゃねぇか!!

「褒めてあげるよ!

学院でも、わたしにこの魔力を全開で使わせた人は居なかったからね!」

彼女は再びナイフを正面の魔法陣に向け投げる。

オレは体を反転させ、背後の魔法陣の方を向く。

――彼女が投げたナイフがその魔法陣から現れた。

「反則だろ!」

オレは槍でナイフを迎撃し、すぐさまレイラの方を向き直る。だがその時にはレイラは新たに10に及ぶ魔法陣を展開していた。

「おいおいおい――勘弁してくれっ!!」

新たに展開した10の魔法陣＋元々展開していた1つの魔法陣。合計11の陣の内5つの陣がオレを囲むように移動し、設置される。元々オレの背後にあった魔法陣もその囲いに参加した。

オレは目の前の魔法陣を槍で突き刺すが、槍は陣を通り抜けてしまった。

「実体がないっ!?」

レイラはナイフを両手の指で挟み、正面の残った6つの魔法陣に投げる。

魔法陣から魔法陣にナイフは移動し、囲むように設置されていた魔法陣から中心に居るオレに向かってナイフが放たれる。

「このっ！」

オレは真上に跳躍してナイフを避ける。そんなオレの行動を読んでいたかのように、レイラの正面にあった全ての魔法陣が移動して、空に居るオレを正面に据えた。

オレを囲むように設置されていた魔法陣が更にナイフを吸い込んだ。その行き先は間違いなく今移動してきた魔法陣だ。

「――ッ!?」

ナイフの再利用《リサイクル》。

並ぶように設置された魔法陣から空中に居るオレに向けてナイフが発射される。

これは、避けられない――！

「躱せばかぁっ!!」

「勝った……!」

避けられない。

——ならば、
全部叩き落すまでだ!

「〝斬風剣〟、〝死神の宝珠《オシリスオーブ》〟。——解封《オープン》ッ!」

轟音が鳴り響く。

空気がうねり、竜巻がオレを包み込んだ。

「なにが起きてるの……!?」

会場中がどよめく。

ナイフは全て風の刃に弾かれ、カランカランと地面に落ちた。

オレの右手の人差し指には赤い宝珠が埋め込まれた指輪、そして右手に握られるは緑の宝珠が埋め込まれた剣――

「パールおじさんの剣……！」

そう、これはパールに借りた風の刃を発生させる剣だ。

パールの髪の毛を3本落とした褒美でこの戦い中だけ預かった。

「それに、その指輪はおじいちゃんの――！」

「ばば、バル翁の〝死神の宝珠《オシリスオーブ》〟!?

君が持っていたのか！」

パールから預かった剣と、爺さんから貰った指輪。

一度限りの共演だ。

黒い痣が指輪から右頬まで広がる。制限時間は3分ってとこか。

風と赤のオーラを混ぜ合わせながら、オレは〝斬風剣〟をレイラに向ける。

「もう手札はないんでな。

こっから先は、ゴリ押しで行かせてもらうぞ！」

第五十三話　シールvsレイラ　その4

展開される転移魔法陣。

レイラの両手に形成されたナイフが発射され、転移魔法陣を通してオレに迫る。

――その全てを風の刃で迎撃する。

〝死神の宝珠《オシリスオーブ》〟により強化された体、でたらめな速度で剣を振るい風の幕を発生させる。

囲むように設置された転移魔法陣。オレは横に一回転し風の刃を円形に展開、ナイフが魔法陣から顔を出した瞬間にナイフを全て破壊する。

「そんなっ!?」

レイラの表情が曇る。

ここまで魔力を温存しておいてよかった。強化の魔力も形成の魔力もまだ余裕がある。

この燃費の悪い2枚の切り札を存分に使える。

だがお前はどうだ？　レイラ。

〝流纏〟、〝流纏掌〟。度重なる〝ナイフ生成〟。〝転移の魔力〟。

大技を連発しすぎて、もう魔力はあまり残ってないんじゃないのか？

「我慢比べだな……！」

レイラの口角が上がる。

「上等だよ……！」

ナイフの形成速度が上がり、乱雑に放られる。

オレはナイフを落としながら、着実に一歩ずつ重ねていく。

〝死神の宝珠《オシリスオーブ》〟を発動してから1分が経過した。時間がない。だが焦りは禁物だ。アレを使うのはまだ早い。

「レイラ、お前、爺さんが家を離れてなにをしていたか知ってるのか？」

「知らないよ！　どうせロクでもないことに決まっている！」

「違うな！　爺さんはきっと、世界の脅威を封じて周っていた。

オレは爺さんが封じた巨悪を1体知っている。屍帝っていう、人を貪る悪魔をな！

一国を滅ぼすほどの化物だ！　放っておけば、どこまで被害を及ぼすかわからない、危険な存在だ！」

「……っ！」

「爺さんはきっと、人類の脅威を払うために、大切な誰かを守るために家を離れていたんだ！」

「封印術を広めれば、その脅威だって簡単に封じられたでしょ!!」

「……封印術師ってのは封印と共に解封もできる。封印術を他人に教えなかったのは自分が封印した巨悪をイタズラに解封させないためだ!

爺さんの行動には、なにひとつ間違ったことはないっ!」

「そんなの、全部君の妄想だよ!」

レイラが無防備に、オレの正面に転移魔法陣を向けた。

「——そこだ!」

「しまっ——!?」

オレは最大出力で斬風剣の突きを繰り出し、発生させた風の刃を正面の転移魔法陣に通す。

レイラの目の前の魔法陣に風の刃は転移し、レイラの右肩に風撃《ふうげき》がヒットする。

「うっ!?」

苦悶の表情を浮かべ、ナイフを手元から落とすレイラ。

決定的な隙ができた。オレは剣をその場に捨てた。

——ここで決める。

「色装……!」

〝死神の宝珠《オシリスオーブ》〟の身体強化、そこにさらに色装によるリミッター解除を乗せる。

オレの姿は橙色に溶け、瞬間移動の如くレイラの前に姿を現した。

「なんて速度ッ!?」

「オレは確かにアイン＝フライハイトを知らない。だがな」

右拳を握り、腕を引く。

「お前も、バルハ＝ゼッタを知らなさすぎるんじゃないのか？」


「――ッ!?」

レイラが怯み、右足の踵を地から離した。だがすぐにレイラは体勢を立て直した。

右手を引き、レイラは掌底を用意する。

「〝流纏掌《るてんしょう》〟ッ！」

レイラの右手に渦巻く青色の魔力が纏われた。

狙いはわかる。オレの右拳の一撃、黄魔による烙印を防ぐ気だ。

オレが黄魔を打ち込む前に掌を合わせ、流纏で黄魔を乱して不発に終わらせる。同時にオレの拳は砕けるだろう。

――きっと、彼女の思惑通りに事は進む。

オレが拳を放てばな。

「――〝封印《クローズ》〟」

オレは右拳を引いたまま置き、左手でレイラの掌底を受け止めた。

オレの左手にはある物が着《つ》けてある。色装による加速の直前に着けたものだ。それは魔力を孕んでいない、真っ白な――

「手袋……!?」

手袋の中心には五角形の字印が描かれている。

魔力を乱す〝流纏〟。魔力を封印するオレの手袋。

〝流纏〟と〝魔力封印〟、2つのアンチ魔力の力がぶつかる。

「ぶっとべ……!」

「これは、魔力封印ッ!!?」

瞬間、オレとレイラの掌底は火花を散らし、魔力の波動を弾けさせた。

結果として、オレの手袋は破け、レイラの〝流纏〟は解除された。

レイラの〝流纏〟の青魔が手袋に封印↓レイラの掌底の威力で手袋が破壊↓手袋の中に封印された魔力が解封されて破裂したのだ。

「もう手札はないんじゃ……!? あれも、ブラフ!?」

「ああ、嘘だ。騙されたか?」

これが、オレが用意した〝流纏〟対策。

〝斬風剣〟に〝死神の宝珠《オシリスオーブ》〟、この強力な2枚の手札をお前は切り札だと勘違いしただろ。オレにはもう手札がないと思い込み、この土壇場で回避ではなく〝流纏掌〟による迎撃を選択した。このシチュエーションに至るまでの流れ、全部計算通りだ。

オレは引いておいた右拳を前に出す。

「君は、どこまで……」

「――烙印《マーク》」

空いた右拳にありったけの赤魔と黄魔を込めて、レイラの顔を殴り飛ばした。肌を通して体内に黄魔が撃ち込まれる。

レイラの頬に字印が浮かび上がる。

オレは彼女の名が書き込まれた札を右手の指に挟む。

札は青く光っていた。

「封印《クローズ》」

レイラの衣服を残し、彼女の体は札に吸い込まれていった。

札に描いた魔法陣が赤く染まる。

――あぁ、まったく……長い道のりだったな。

「封印、完了」

決着。

会場は展開についていけず一度冷えかえり、オレが拳を振り上げるとともに瞬く間に沸騰した。

第五十四話　約束

死神の指輪から光が失われた。
体から赤い魔力が抜けきった。脱力感が全身を襲う。
〝死神の宝珠《オシリスオーブ》〟＋色装……この組み合わせ、体に掛かる負担が半端ない——
『うおおおおっ！！！』
「げっ!?」
観客席から溢れ出る群衆の波。
すでに疲労困憊のオレは逃げることも叶わず波に飲み込まれた。
「ね、ねぇ君！　ギルドには所属しているの!?
もしよければさっきの女の子と一緒に配達ギルド〝天馬急便《ペガサスデリバリー》〟に——！」
「邪魔するな運搬屋！
お前の腕を活かすなら戦場だ坊主！
この俺が率いる傭兵ギルドに……」

「いや待て！　お前確かパール大隊長の知り合いだよな!?　だったらここの騎士団に入れよ！　歓迎するぜ！」

制服を着た女性と野蛮な恰好をした大男と鎧を着た真面目そうな男騎士が揉み合いながら接近してくる。

「ちょっと待てお前らっ！　オレはどっかのグループに所属する気はなくてだな――」

バチン！　と手を叩く音。

首を回し、背後を見ると両手を合わせたパールの姿があった。パールの無言の拍手を聞き群衆は黙り込む。

「まさか本当にレイラ嬢に勝つとは……君は、私の想像を遥かに超える男だったようだ！　しかし……君はバル翁の弟子でありながら、その戦闘スタイルはバル翁よりもサーウルス殿に似ているな」

「サーウルス？　爺さんの弟弟子だったか」

「多様な手札を最大限に利用し、相手を追い詰め封印する。まさにサーウルス殿の戦い方だ。今の戦い、実に見事だったぞ！」

オレはレイラが封印された札を見て、腰を上げる。

「アンタとの修行がなければ手札を切ることすらできなかったよ。マジで化物だったぜ、この女……」

シュラがオレの背中を叩き、腰に手を当ててオレの顔を見上げた。

「アンタ……まぁた強くなったわね！　特に最後の加速――あの一瞬だけは私の色装時の速度と同等だったわ。いつかまた、手合わせ願いたいものね……！」

「勘弁してくれ。オレの手の内を知ってるお前には勝てる気しねぇよ」

シュラが「ん」とハイタッチを要求するように右手を挙げた。

パチン、とオレはシュラの手を叩く。

「それでこれからどうするの？」

「約束を果たしに行くさ。レイラの家に行って解封して、手紙を読ませる」

「そ。じゃあ私はパールの家で待ってるわね」

「いや、お前も来てほしい。レイラの治療をしてやってくれ」

「あぁ、そういえば負傷してたわね。

いいよ、まっかせなさい！」

出した武器を全てしまって、パールが連れて来た白魔術師の治癒術を受ける。

それからしつこい勧誘を振り切り、シュラと共にレイラの家に向かった。

◆

レイラ宅は鍵が掛かってなかったから簡単に入れた。マザーパンクは基本的に善人しか居ないから、鍵を掛けない家は多いということを最近知った。

以前に食事をしたリビングで、レイラの札を取り出す。

シュラが興味深そうに札を眺める。

「これって、破っても封印は解けるのよね？」

「ああ。器が壊されれば封印は――」

シュラがオレの手から札を奪い、「えいっ」と札を破った。

「なにやってんだお前……」

「ちょっとどうなるか見たくて」

器が破れ、中から全裸の白髪女子が弾きだされる。

「うわっ!?」

女子は上空に投げ出された。

――まずい。

肌色が近い……!?

「きゃっ!?」

白髪女子、レイラは背中からオレにもたれかかった。このままじゃレイラごと背後のテーブルに激突すると思い、オレはなんとか背中から抱く形でレイラを支える。

ほわん、と右手に柔らかい感触が伝わった。


「あり?」


咄嗟に掴んだなにかは凄く柔らかい感触をしていた。オレは3回手を動かし、その正体を知る。

「ちょ、やめっ……!」

うん、これはアレだな。女の子の頂《いただき》だな。

予言しよう。数秒後、オレは張り手を喰らってぶっ飛ばされる。確実にな。

レイラの胸《頂》は弾力がほとんどなかった。

弱い力で萎む、手を離すとゆったりと膨らむ。弾力はないのに、手を離すと胸はすぐさま上を向こうとする。重みを感じないお椀形だ。

「シール君……いつまで掴んでるの？」

レイラが顔を燃え上がらせオレを睨んだ。

頬は恥じらう女の子らしく赤くなっているのに、瞳は真っ暗闇だ。

しまった。物珍しい感触に普通に感動してしまっていた。

「ふんっ！」

レイラの肘が頬にクリーンヒットする。

体を回転させながら吹っ飛び、ソファーに頭から突っ込んだ。

「ま、こうなるよな……いてて」

◆

レイラが治療と着替えを終え、ようやくオレは壁以外を見ることを許された。

レイラは初めて出会った時と同じ、白のワンピースを着ていた。

レイラはオレから視線を逸らし、低い声で呟く。

「私の、負けだね」

オレは巾着バッグから手紙の入った封筒を取り出す。

「約束だ」

「……。」

「ちゃんと見ろよ」

レイラはあっさりと手紙を受け取り、階段に右足を掛けて立ち止まった。

「ねぇ、シール君」

シール君から見たおじいちゃんは、どんな人だった？」

その質問を、彼女はどんな気持ちで捻り出したのだろう。

深く考えようとして、やめた。オレは率直な感想を述べる。

「超が付くほどの本好きで、教えるのが下手で、不器用で、奇妙な術を知っていて、退屈しない話をいっぱい知ってて、そんで――」

オレは眉を曲げ、口元を緩ませる。

「孫娘の話をする時だけはだらしなく目じりを下げる……孫バカの爺さんだったよ」

レイラはオレの顔を見ると、どこか吹っ切れた顔をする。

「そっか」

そのままレイラは二階へ、自分の部屋へ上がっていった。

「あの女、ちゃんと手紙読むかしら？」

「――読むさ。いい加減、頭は冷えただろ」

オレは扉を開け、レイラ宅から外へ出た。

第五十五話　手紙

負けた。

彼に、シール＝ゼッタに敗北した。

なのに、全然悔しくないのはどうしてだろう。

部屋は外からの小さな光が差すのみで、薄暗い。でも運良く、いや、運悪く、日差しは机を照らしている。そこで手紙を読めと言わんばかりに。

わたしは彼から受け取った封筒を机の上に置く。

椅子に座り、封筒の先を指で破る。中から味気のない2枚組の手紙を手に取る。

「……。」

指が止まる。

胸が苦しくなる。

読んではいけないと、わたしの防衛本能が叫んでいる。それでも……。

――『その代わり、もしオレが勝ったら――この手紙、読んでもらうぞ……！』

――『なんだレイラ、ビビってるのか？』

彼の言葉が逃げようとするわたしを摑み止める。

仕方ない、約束だから。約束だから、わたしは手紙を読む。

わたしが読みたいからじゃない、そう言い訳して、わたしは折りたたまれた手紙を開いていく。

懐かしい、おじいちゃんの字が瞳に飛び込む。

呼吸を整え、わたしは手紙を読み始める。

『拝啓、レイラ＝フライハイト様。

まずは君に、謝りたい。』

その手紙は、謝罪から始まった。

『私のせいで君や君の両親に迷惑をかけた。本当にすまない。

全ては私の危機管理能力の甘さが招いたことだ。

だが、これだけは信じてほしい。私は君の眼が見られなくなるような行《おこな》いは決してしていない。』

「え……」

『君の祖父として、恥じる行動だけは、絶対にしていない。

私は何者かの策略に嵌まり、罪を着せられた。私は無実だ。』

「――っ！」

ずっと、

ずっと欲しかった弁解の言葉が、その手紙にはあっさりと書き記してあった。
『黙っていてすまなかった。君を巻き込まないために、私は沈黙を選んだ。
君は私が無実を主張すれば、きっと犯人捜しで無茶をするだろう。それが怖かった。』
わたしの、ために？
「なら……」
ならどうして、今になって……！
『だが、もう心配はいらない。今は君の側に彼が居るはずだ。』
その後の一行は、より強い筆圧で書いてあった。
『私の愛弟子、シール＝ゼッタが。』
わたしは手紙を持って立ち上がり、窓に近づく。
窓からマザーパンクの街道を歩く黒髪の少年を見る。
「シール＝ゼッタ……」
窓に手を添えながら、視線を手紙に戻す。
『君が危険なことに身を投じても、彼ならきっと君を守ってくれるだろう。』
その一文からはおじいちゃんから彼への、絶対的な信頼が感じられた。

『さて、堅苦しい話ばかりでは文に色気がない。この先を読む前に、まず、君が7歳の時、私がプレゼントしたクマのぬいぐるみの中を見てほしい。』

「ぬいぐるみ……？」

忘れるはずもない。

わたしが7歳の時、お爺ちゃんが買ってくれた不細工なぬいぐるみ。

『もしぬいぐるみを捨てていたら、この先は読まずに捨てていい。

その中に、私はあるモノを札に封印して入れた。

恐らく、封印は解けているだろう。』

わたしは部屋の隅に置いてあるそのぬいぐるみを拾い、背中のファスナーを開けて中を覗く。

綿の隙間に1枚の、力を失った札が入っている。そのすぐ側には花の形をした髪飾りがあった。

——桜色の髪飾りだ。

「マザーパンクの、桜の色と同じ……」

髪飾りを右手に握り、机に戻って手紙を読み進める。

『それは君の16の誕生日に贈ろうとしていた物だ。だが、その髪飾りは本来別の女性に渡す予定だった物だ。その女性は、私の娘だ。

君は知らないだろうが、君の父親以外にも私には子供が居た。名を、ライラという女の子だ。』

わたしに叔母が？

お父さんは一人っ子だったはず――

『だが、彼女は16の誕生日を迎えずして病に倒れた。』

16……今の、わたしの歳と同じだ。

『その髪飾りは彼女が16になった時、私が贈ろうした物だ。

そのプレゼントを買った日に、彼女は亡くなった。

私は、彼女に与えられなかった愛情を君に注いでいた。

君は私の娘にそっくりなんだ。不安になると服の裾を掴む癖、寝相が悪く布団を蹴飛ばしてしまうところ、甘えん坊なところ、桜のように晴れやかな笑顔。その全てがそっくりだった。

だから私は君が可愛くて可愛くて仕方がなかった。同時に不安だった、彼女にそっくりな君が16歳になる前に、この世を去らないか。

でも君は、健《すこ》やかに元気に育っていった。病《やまい》の影すら、見えなかった。君はライラじゃない。そう理解した。私は君という人間から、ライラの影がなくなるのを、どこか寂しくも、待ち望んでいたのかもしれない。君はレイラ＝フライハイト、私の愛すべき孫娘だ。

私は、君が16になるその時を、本当に楽しみにしていた。今は誰の代わりでもなく、君が愛おしい。その上で、ライラに渡せなかった髪飾りを君に付けてほしかった。』

「やめて、やめてよ……」
嫌だ、読みたくない。
胸が、裂けそうだ。
わたしはおじいちゃんが嫌い、嫌いなんだから……！
『君がその髪飾りを付ける日を、本当に、本当に、楽しみにしていた。
だけどきっと、私は君が16になる前に天寿を全《まっと》うするだろう。
あとほんの少し、少しだけ、生きられればどれだけよかったかと、心の底から思う。
もしかしたら君は、そんな物いらないと言って、捨てるかもしれない。
それでもいい。君が生きているのなら、私はそれ以上望まない。』
ずっと、避けていた。
おじいちゃんが呪いをかけられ、もうこの時期には命を失っているのはわかっていた。
おじいちゃんが死んだ、その事実を、わたしはきっと受け止めきれない。
だから、わたしはおじいちゃんを嫌った。
「ごめん――」
本当は信じていた。おじいちゃんが人体実験なんてしてないって。
恨んで、憎んで、嫌って。
おじいちゃんを否定して、おじいちゃんが死んだ事実を受け止めず、流そうとした。

ただ後回しにしているに過ぎないって、わかっていたはずなのに。

「ごめんなさい……！」

気づいたら、瞳から涙が零れていた。

1枚目の手紙が終わり、2枚目に移行する。

『駄目だな、やはりうまい言葉が見つからない。

眠る時はきちんと毛布を掛けなさい。君はよくお腹を出して眠るから心配だ。

お金はきちんと計画的に使いなさい。君は欲しい物をすぐ買ってしまうからね。

恋愛に関してはとやかく言いたくないが、約束を大切にする人を好きになってほしい。君が花嫁衣装を着る姿は見たかったな。』

段々と、字が薄くなっていく。

弱々しく、曲がりくねる。

筆を持つのもやっとだったのだと、字を見てわかる。わかってしまう。

『最後に。生きてくれ、レイラ。

どれだけ苦しくても、生きてくれ。

これから先、多くの別れがあるだろう。多くの悲しみがあるだろう。

足を止めてもいい、目を背けてもいい。でも、生きることをやめないでほしい。

志半ばに、散っていった命を私は多く知っている。自ら命を散らすようなことだけは、絶対にしないでほしい。

私は、天から君を見守っている。

そうだな、叶うことならまた、君とマザーパンクの桜を見たかった。』

おじいちゃんの小指を摑んで、マザーパンクの桜を初めて見た日を思い出す。

あの桜を見ている時だけは、おじいちゃんは誰のおじいちゃんでもない、わたしだけのおじいちゃんだった。


『レイラ＝フライハイト。

私は君を心から愛している。

君の笑顔が、私の救いだった。』

この先を、最後の一文を、読みたくない。

なんて書いてあるかはわかっていたから。

それでも読まなくてはならないから、わたしは文章を追う。


『ありがとう、さようなら。』


その一文を乗り越えなくちゃ、わたしはきっと、この街から出られないから。

『アイン＝フライハイトより――』

最後に、封印術師バルハ＝ゼッタの名前じゃなくて、フライハイトとしての名前が、わたしのおじいちゃんとしての名前が刻まれていた。

――『許さない。おじいちゃんのこと、絶対許さないからっ……！』

いつか自分が言った言葉を思い出す。

おじいちゃんと、最後に交わした言葉を思い出す。

おじいちゃんの、あの時の顔を、未だに忘れられない。

おじいちゃんの、泣きそうな顔を、忘れられない。

「おじいちゃん……わたしが、わたしが悪かったよ」

目から、鼻から、液体が垂れ流れる。

わたしは叫びたい気持ちを抑えて、手紙を握りしめる。

「おじいちゃん、だからね。

『ありがとう』って言わせて。

『ごめんね』って言わせて。

『愛してる』って、『さようなら』って言わせてよ……！」

嗚咽が、小さく木霊する。

段々と嗚咽は大きくなって、やがてわたしは子供のように泣きじゃくった。

今まで、後回しにしていた感情を、全身で受け止める。

どれだけ願っても時間は戻らない。おじいちゃんは、もう思い出の中にしか居ない。
最後の思い出は、どう足掻いても変わりはしない。
甘えん坊の自分が、いつまでも子供だった自分が、許せなかった。
――ねぇ、おじいちゃん。
マザーパンクの桜は、今も変わらず綺麗だよ……。

第五十六話　花見

レイラの件も片付いたし、これでようやく一息つけるな。

外はいつの間にか暗みを帯びてきている。さっきの戦いでエネルギーを多く使ったから腹も減ってきたな。

「さぁって、もう日も暮れてきたな。今日はアカネさん、支部所に用事あるから夕飯作れないって言ってたし、どっかで飯食って帰るか。

——なぁシュラ、夜桜を見ながら餅でもどうだ？　花見しようぜ花見」

マザーパンクは夜の7時から9時まで最上層をライトアップする。

桜の木の側が明るくなり、木の側から街を見渡せるようになるのだ。

「餅は興味ないけど花見はいいわね。付き合ってあげるわ」

「よしきた！」

夕焼けが街をオレンジ色に染める。

子供たちの「バイバイ」の声。辺りの家々から香る夕飯の匂い。

ぐぅーと腹が鳴る。

オレとシュラは夜桜を見にマザーパンクの街を上がっていく。

「おっはなみ♪　おっはなみ♪」

「なんだよ、めちゃくちゃ乗り気じゃねぇか」

「女の子はこういうのが好きなのよ！」

桜の木の周辺は芝生が植えてあり、オレ達以外の人間も多く居る。

オレとシュラは露店で餅を買い、芝生の上に並んで座り、夜景を見た。

「おぉ〜！！！」

「キレイ……」

——この日見たマザーパンクの街並みをオレは一生忘れないだろう。

暗い夜を照らす花粉の光、舞い散るピンク色の花びら。

遠くで広がる海……水面に溶ける花粉と月の影。

この景色の美しさを言葉で表現するのは、オレには少々力不足だ。

——なぁ爺さん。

アンタがこの街に別荘を作った理由がよくわかるよ。

この街の桜は——綺麗だ。

まったりと景色を眺めながら、これからの行動予定について話し合う。

「シュラ、出発は三日後でいいか？」

「錬色器ができるのが三日後だったわね。いいわ、待ってあげる。その代わり、暇な時間は私と一緒に呪解の方法を探すこと！」

「わかってるよ。片っ端から図書館を当たるか……」

ゴオォンッ！！！　と大気が大きく揺れた。

「な、なに!?」

シュラは突然の轟音に立ち上がる。

音は聞こえたが、花見客はその音の出所をわからないでいた。ただただ動揺し、右往左往する。どちらへ逃げればいいのかわからないのだ。

夜空を眺めていたオレの眼は確かに見た、遠くの空、マザーパンクの外の方で——炎の柱が上がったのを。

「……シュラ。音の出所はわかった。どうする？　確認しに行くか」

「どうせもう心は決まってるんでしょ？」

「よし！　行くぞ！」

オレとシュラはマザーパンクを下って炎の柱が上がった場所を目指す。

第五十七話　海辺の決闘

音が響く5分前。

月明かりが降り注ぐ浜辺を、灰色のローブを被った男は歩いていた。

「ヒヒッ！　強くなったなぁ、新米封印術師。わざわざ見に来てよかったぜ」

ローブを脱ぎ、男は姿を現す。

黒のマウンテンハットと黒のロングコートを着た白髪の男、バルハ＝ゼッタの弟、銃帝だ。

（島で見た時より魔力量がアホみたいに伸びてやがる。体術のセンスは兄貴に劣るが、魔術のセンスは兄貴を超える！

アイツなら、神をも殺す銃弾になるかもしれねぇな……）

銃帝は立ち止まると歪な笑みを浮かべながら禍々しい魔力を全身から出した。放出される黒魔を浴びた物体が黒く染まり、溶けていく。

「いいなぁ決闘……俺も久々に暴れたくなっちまったぜ」

ひゅー……と、遠くから風切り音が聞こえた。

銃帝はコートを翻し、飛来してきた人影を躱す。

人影は砂を巻き上げ、シルエットのみを銃帝に見せる。

「おいおい、どこのどいつだ。挨拶もなしに俺を轢き殺そうとした礼儀知らずは……」

砂が落ちて、人影は正体を見せる。

暗い赤色の頭髪、黄色の瞳。左右の耳に2つずつ、それぞれ色の違うピアスを付けている。

まだ青年という言葉が似合う男。

銃帝は青年の腰に差してある錆びた剣を見て、目の前の男の名を言い当てる。

「アドルフォス……！」

〝天に仇為す者達《ナチュラルエネミーズ》〟の1人。食物連鎖の頂点、アドルフォス＝イーター。

「バル翁の弟だろ、お前」

（液状魔物スライム、鉄を自在に操るメタルコンダクター、風妖魔シルフ、空の覇者ドラゴン。それぞれの特性を持つ、キメラのような存在。兄貴と最も長く組んだパートナーであり、あの不死鳥野郎の凰帝ですら恐れる怪物。いいねぇ、今日はツイてる。前々から鬱陶しかったんだよコイツは。

――ここで殺す）

銃帝はおちゃらけた声色で、

「よ～久しぶりだなぁ、アドルフォスよ～私だ、バル翁だ」

バルハと同じ顔で、悪ふざけの声を出す銃帝に対し、アドルフォスは冷ややかな殺意を向ける。

「おい……馬鹿にしているのか？」

「ちょっとしたジョークだろうがよ。気の短いやつめ」

アドルフォスの眉間には血管が浮かんでいる。

（この歳になっても衰えないものだな。この感情だけは……）

銃帝は昂る自分の胸を摑む。

（戦いへの愉悦！　強者への好奇心ッ!!）

銃帝とアドルフォスは同時に赤いオーラを纏った。

「決闘《パーティー》といこうか」

互いに武器は抜かず、アドルフォスは拳を握り、銃帝は掌底を出して向き合う。

アドルフォスは剛の拳。捻くれていない、破壊力重視の乱打を出してくる。

それを銃帝は柔の掌底で流す。

「真っすぐな拳だこと」

「バル翁に似た体術だが――練度は遥かに劣るな」

銃帝の体術は極めて高レベルである。魔力なしで巨人の拳すら受け流せるほどだ。

しかし、アドルフォスの拳の重さは巨人を遥かに超え、速度はギリギリ目で追えるレベル。パワーとスピード、どちらも高水準。

体術の巧みさなら銃帝が上だ。だが基礎能力に差がありすぎて技術勝負に持っていくことができない。

（駄目だ。流しきれん。なんつーパワーだ。さすがは兄貴のパートナーを務めてただけはある！）

「ふっ――！」

アドルフォスが腰を落とした。『やべぇパンチが来る』と銃帝は身構える。

ゴッ！！！

なんとかアドルフォスの拳を掌底で受けるも、衝撃で体が海の浅瀬まで飛ばされた。

「おニューの靴が濡れちまったぜ。お気に入りだったのによ」

銃帝は銃をホルスターから引き抜く。

（魔術師同士の戦いにおいて、最初に考えるべきは相手の副色。俺もアドルフォスも互いの副色は知らない。兄貴から俺の副色を聞いている可能性も考えたが、この消極的な動きからしてそれはない。あのバルハ＝ゼッタの弟だから必要以上に警戒しているな。俺が副色を見せるまで深く踏み込んでこない気だ）

「……。」

（副色を使わなければ精神的に牽制できる。しかし、副色なしで戦えばどっちみち削り殺されるかぁ。いいぜ、そんなに知りたいなら見せてやる）

――〝パレット・ガン〟。

銃帝専用の銃だ。弾は込められていない。弾丸は銃帝の魔力で形成する。

〝エリュギリオン〟という鉱山竜から採れる鉱石で作られていて、黒魔力でさえ破壊できない銃だ。

〝パレット・ガン〟に嵌められる錬魔石の色は――無色。アドルフォスは無色の錬魔石を見て、眉をピクリと動かした。

「――色装〝漆〟」

銃帝は銃の中に弾丸を形成、黒魔力を宿らせる。すると〝パレット・ガン〟の錬魔石が黒色に変わった。

「変色する錬魔石だと……！　ちっ、得体の知れない奴だ」

アドルフォスは旋風で浜辺の砂を巻き上げた。

（シルフの風で砂を巻き上げ視界を封じたか、上手い手だな。さすがだ。狙いが定められん）

砂煙から飛び出る人影。

銃帝が狙いを定める暇を与えず、人影は銃帝の背後を取った。

（ちょーっと速すぎるだろがっ!!）

銃帝は眼球を動かし背後を見る。アドルフォスは風を纏い、竜翼を背に生やしていた。

（ドラゴンの翼＋シルフの風！　そりゃ速いわけだ！）

「〝二獣奏《にじゅうそう》〟……」

アドルフォスは右手に風を左手に溶けた鉄を纏い、両手を合わせて白銀の風を作り上げる。

「〝銀刀嵐撃《アルジェント・テンペスタ》〟」

「〝破滅弾《はめつだん》γ《ガンマ》〟」

カミソリ入りの旋風を至近距離で放つ。

銃帝は黒魔力混じりの弾丸で対抗。２つの技がぶつかり、相殺されるとアドルフォスは竜翼を羽撃《はばた》かせて突撃してきた。

アドルフォスは右腕を竜に変え、かぎ爪を尖らせている。

「……っ!?」

アドルフォスの爪撃は銃帝の右腕を斬り抜けた。

アドルフォスはその勢いのまま、銃帝から30メートルほどの距離を取る。

「ヒヒッ！　やるやるぅ」

銃帝は宙に舞う銃を左手でキャッチ。銃口を傷口に向ける。

「色装〝白〟、〝再生弾《さいせいだん》β《ベータ》〟」

銃帝は弾丸を銃の中に形成、弾丸に白魔力を纏わせる。

「白魔力!?」

アドルフォスが初めて、驚いたような顔をした。

それもそのはず。副源四色は原則１つしか持てない。だが銃帝は黒と白、２つの副色を使用したのだ。魔術師なら誰だって驚く。

銃帝は弾丸を右肩に撃ち込む。再生の力により、右腕が生えて傷は完治する。

「副色を2色。バル翁の弟だけあって、なにか『特別』があるようだな……」

「お前さんほどじゃねぇよ」

アドルフォスの周囲に満ち溢れる緑の魔力。緑魔は形を変え、旋風となり、無数の竜巻を落としてくる。

「――〝雷鳴弾《らいめいだん》〟！」

銃帝は形成した弾丸に更に形成した雷を纏わせ、雷の弾丸で竜巻を撃ち落としていく。だが手数が足りない。アドルフォスは竜巻を雨の如く落としてくる。これを捌くのは不可能。

アドルフォスは竜巻を散らしながら、ジワジワと銃帝との距離を詰めてくる。

「若者の運動量にはついていけないぜ」

アドルフォスは錆びた剣《クラウ・ソラス》を抜いた。赤い魔力を剣に込めている。

銃帝は銃を左手に持ち、右手を握りしめる。

「〝破滅弾γ《ガンマ》〟」

右手の内に破滅弾を形成。握りつぶし、黒魔力を捻出。右拳に黒魔を宿らせる。

振り下ろされる錆びた剣《クラウ・ソラス》に黒魔を纏った右掌底を合わせる――

「〝黒纏掌《こくてんしょう》〟ッ!!」

アドルフォスの錆びた剣と銃帝の掌底がぶつかる。

赤と黒の魔力が轟音を鳴らしながら散り、アドルフォスは掌底に弾き飛ばされた。

(さすがはソロンの剣、黒魔術でも壊せないか)

お互い無傷も同然。消費魔力量も変わらない。けれど、使った情報《カード》の量は銃帝の方が多い。

銃帝の頭には後悔の念が過っていた。

(侮っていた。こいつ、想像していたよりもかなり強い!!)

銃帝はここで本気になり、笑みを顔から消し去った。

(アドルフォスはまだ副色を使っていない。単純な主源三色でこの強さ……魔力量にも絶対的な差がありやがる。でたらめだぜコイツ。魔力の底が計り知れない。

残りの弾数は……え〜っと、黒はAランクが6発、Bが22、Cが56。

白はAが3、Bが19、Cが43。

黄はAが2、Bが9、Cが29。

虹が3。

黒に余裕があるな。コイツで決めるか)

銃帝は手持ちを確認し、覚悟を決める。

「〝破滅弾β《ベータ》〟四連装《しれんそう》……!」

4発の黒き弾丸を発射。アドルフォスが回避の姿勢を取ったところで、

「――ばらけろ」

弾丸を爆ぜ、黒魔力入りの弾丸の欠片を拡散させる。

アドルフォスは赤魔で肉体強化し、弾丸の破片を受ける。強化した体でも無傷とはいかず、薄皮が切り裂かれた。

「ようやく1ヒットだな……」

銃帝は次に、アドルフォスの武器に目を向けた。

(アドルフォスは2つの武器を持っている。

1つ、ヴァナルガンド。油を形成する杖。

2つ、クラウ・ソラス。魔物に対して特攻を持つ錆びた剣。俺が警戒すべきは前者、ヴァナルガンドだ。そろそろ使ってくる頃だろう)

アドルフォスは腰に差したヴァナルガンドを抜き、銃帝に向ける。

「……〝銃〟か。パル翁の言っていた通り、リーチ、威力、コントロール。全てに優れた武器だな。唯一弱点があるとすれば——一撃一撃が小さいこと」

(銃については知っていたのか。道理であの対応力!)

「圧倒的な〝質量〟で、沈めさせてもらう……」

ヴァナルガンドに込められる緑の光。ヴァナルガンドは光を油へと変化させる。

「おいおい……!」

砂浜を埋め尽くすほど油の波が砂をせり上げながら銃帝に迫る。

(油の海！　いや違う、ここから——)

「〝地喰炎海《フイアンマーレ》〟」

アドルフォスは顔を竜に変貌させ、火炎砲で油を着火させる。

「これがアドルフォスか……！」

――業火の海。

受ける術はなし。

銃帝は空高くジャンプし、回避する。

頭上に気配。銃帝はノールックで銃を上に向け、引き金を引いて3発の弾を出す。

（居る。上に居る）

――手応えなし。

「スライム!?」

上を見るとアドルフォスは体をスライムと化して、銃弾を受け流していた。

（物理無効！　スライム状態のコイツには黒魔力入りの弾丸か属性弾じゃねぇと効かねぇな！）

アドルフォスは右足を振り下ろす。銃帝は腕を折られる覚悟で右腕でガードする。

「ぬぅ！！？」

銃帝の想定通り、アドルフォスの蹴りは銃帝の腕を折りながら炎の海に銃帝を蹴り落とした。

「がはっ!?　あっちぃなあ!!　くそがっ！」

アドルフォスは2つの竜巻を操り、地を這わせ、炎海を旋風で掬いながら銃帝へと伸ばす。炎＋

風、炎風が銃帝を飲み込もうと迫る。

「クソ兄貴め！　死に際にとんでもねぇ怪物を2人も作りやがって……!!」

焼け焦げた体も、折れた腕も回復せず、左手に銃を持ってすぐさま反撃を開始する。

(ここで受けに回ったら押し切られる！)

銃帝は炎風を防御するのを諦めた。

「色装〝橙《とう》〟、〝雷鳴追尾弾〟」

雷混じりの6発の弾丸を放つ。

アドルフォスは容易く弾を避けるが、黄魔を纏った弾丸は軌道変更し、アドルフォスを囲む。

「今度は黄魔か……！」

2つの炎風が左右から銃帝を飲み込む。

「ぬ、おわあああああああっっ!!」

炎と風を全身に浴びながらも銃帝は銃を下ろさない。目線をアドルフォスから外さない。

(防御を広げないとそいつは防げないだろ。そんでもって、防御を広げたら一撃必殺をおみまいしてやるぜ！)

銃帝は左手に持った中に赤魔と緑魔と青魔と黒魔を同時に込める。

「四色同魂《よんしょくどうこん》――」

緑魔は雷になり、雷は黒魔で黒く染まる。赤の魔力が銃弾自体を強化し、青魔がばらけそうになる魔力を一点にまとめて留める。

「〝禍弾《まがつだま》〟」

黒き雷を纏った渾身の弾丸と先に放たれた黄魔入りの6発の弾丸。それらが時間差でアドルフォスに向かって伸びていく。

(もし、テメェが〝流纏〟を使えてもこの時間差射撃は捌けないだろ。〝流纏〟は一瞬の輝きだからな)

アドルフォスは竜の鱗を身に纏う。

次に突風を纏い、最後に剛鉄で全方位に壁を作った。肌は微かにスライムの如く溶けている。

(風の鎧、鉄の鎧、竜鱗の鎧に物理無効のスライムの体ッ！　あの壁全部の弱点をつける魔術はねえ!!　言うなれば――)

「〝絶対耐性《ぜったいたいせい》〟」

〝雷鳴追尾弾〟は鉄の壁に流され、〝禍弾《まがつだま》〟は鉄の壁を突破し、風の壁を突破し、竜の鱗に止められた。

アドルフォスは防御を固めながらヴァナルガンドに魔力を込め、銃帝の足元から天空に向けて油の柱を作った。

「こいつはやべぇ……!!」

「〝天喰炎滝《フィアンカスタータ》〟」

地を這う炎が油に火炎を灯し、天高く炎の柱を作り上げた。

◆

「ちっ」

自分以外誰も居なくなった水辺を見て、アドルフォスは小さく舌打ちする。

（〃絶対耐性〃を使えば大抵の攻撃は防げるものの機動力が一時的に死んでしまう。ドンピシャのタイミングで逃げやがったな、あの野郎……！）

アドルフォスは空から周辺を確認するが、銃帝の姿も匂いも完全に消えていた。

（バル翁の弟だからって慎重になりすぎた……）

アドルフォスの耳に鎧が擦れる音が届いた。

1つ、2つじゃない。ガシャガシャと夜の海の静けさを台なしにする音が迫りくる。

「騎士団か。少し派手にやりすぎたな。相手をするのも面倒だ」

アドルフォスは竜翼で空を飛び、追い風を作ってすぐさまその場から離れた。

時速300キロメートルで空を飛びながら、アドルフォスは銃帝の言っていたある言葉を思い出す。

(『クソ兄貴め、死にとんでもねぇ怪物を2人も作りやがって……』か。やはり、バル翁はもう――)

アドルフォスは表情を暗く沈めた後、ハッと気づく。

「2人？」

前後の状況から1人は己のことを指しているとわかる。

ならばもう1人は？

「……。」

空の上で一度止まり、アドルフォスはマザーパンクを振り返る。

「なにを期待しているんだ……俺は」

第五十八話　女神の呪い

炎の柱が昇った場所、海辺に行くと、隕石でも落ちたのかと思うぐらいの穴ぼこが砂浜を抉っていた。

あちこちで炎が蠢いている。パール率いる騎士団が野次馬をせきとめ、消火活動にあたっていた。

野次馬連中の隙間から飛び出し、パールに声をかける。

「パール」

「む？　シールか」

「一体なにがあったんだこれ」

「さっぱりわからん。今、目撃者が居ないか探してるが……」

「怪獣が喧嘩でもしてたのか？」

騎士が1人の男を連れて歩いてくる。

「パール大隊長！　怪しい男を捕えました！」

「待って待って！　僕は君らと同じ騎士団だって！」

騎士が連れて来た男を見て、オレは溜息をつき、シュラはぎゅっと眉間にシワを寄せ、パールは「おぉ！」と歓喜の声を漏らした。

「なんでお前がここに居やがる」

苛立ちを込めた声で言う。

オレに気づいたその男は中折れ帽を取り、軽快な笑顔でオレに手を振った。

「久しぶりだね！　会長！」

「似非吟遊詩人……」

流浪の吟遊詩人、ソナタだ。

「ソナタ殿！　いつ振りだろうなぁ！」

「バルハさんの移送の件で会ったのが最後だねぇ」

「ソナタ？　まさか、ソナタ＝キャンベル大隊長!?」

ソナタの名前を聞いて、騎士は奴の素性に気づいたようだ。

腰を直角に曲げて頭を深く下げる。

「し、失礼しました！　まさか大隊長殿だったとは……」

「いいよいいよ、気にしないで。僕って職務放棄しまくりで、あまり顔知られてないからさ〜」

「このアホ詩人！」

――シュラがオレの背後から飛び出した。

シュラは拳を握り、ソナタの頬に拳骨パンチを喰らわせる。

ソナタは「ぐへぇ!?」と地面に倒れこんだ。

「ぬわあ!?　いきなりどうしたのだ!?」

「よくも無人島に置いていったわね！　アンタのせいで危うく海で遭難するところだったわ！」

それに関しちゃお前の自業自得だ。

「いやいや、事情があったんだって本当に！　まったく、会って早々酷いなぁ……」

頬をさすりながらソナタは立ち上がる。

「僕のことより、今はこっちでしょ」

ソナタは焼けた砂地に目を配る。

「ソナタ殿はこの現場をどう見る？」

「魔術師同士の戦闘の跡だろうね。魔力の残滓がそこら中にある」

シュラがクンクンと鼻を動かし始めた。

「どうしたシュラ？」

「血の匂いがする。そこの砂の下」

シュラの指さす方へ歩み寄り、砂を右手でどかしていくと、肌色が見えた。

「ここで戦っていた魔術師、片方はわかったぞ」

オレは砂に埋まった物を拾う。シュラはそれを見て「げっ！」と目を細めた。

オレが拾い上げたのは腕だ。それも黒色の袖が付いた腕。この袖の柄、見覚えがある。

「ソナタ。アンタも心当たりあるだろ、この袖によ」

「銃帝だね。バルハさんの弟だ」

「バル翁の弟!?　話には聞いていたが……」

「シュラ。他に気になる匂いはないか?」

シュラは身を屈め、四足歩行で地面を嗅いでいく。

――犬みたいだ。

多分、パールとソナタも同じことを思っただろう。

「アンタ達、今私のこと『犬みたい』って思わなかった?」

ギロッと目線を鋭くしてシュラが見てくる。勘のいいやつめ。

「「思ってない思ってない」」

声を重ねて嘘をつく男3人。

シュラは機嫌を軽く損ねつつも、新たに砂を被った物体を拾った。

シュラが拾った物を覗き込むようにオレとパールとソナタは見る。

それは本だった。赤い、薄めの本だ。

タイトルは〈7つの神呪と1人の旅人〉。

「呪い!?」

シュラは〝呪〟の要素に目を付け、本のページをめくる。

「えーと、なになに……」

一番初めにその本に書いてあったのは目次でも注意書きでも著者の挨拶でもなく、歴史だった。

歴史は白暦《はくれき》から始まっていた。白暦とはまだ年という概念がなかった時代のことだ。

簡単に言うならば『むかーしむかし』というやつだ。

「シュラちゃん。音読してくれると助かるな」

「はいはい」

シュラはゴホンと喉を通し、本を読み始める。

「白暦。まだこの世に魔物が存在していなかった時代。人間は人間同士で醜い争いを繰り広げていた。女神〈ロンド〉は人と人の争いを止めるため、1つだった大陸をその時争っていた五大勢力の数に合わせ、5つに分離させた。

大陸を分離させればそれぞれがそれぞれの大陸で静かに暮らすだろうと、同じ場所に住むから争うのだろうと、ロンドは思っていた。

しかし、人間の争いは大陸を隔てても終わらなかった。

海を越え、争う人々。人は戦争の中で技術を革新的に飛躍させ、大量殺戮兵器を次々と開発。その兵器はどれも人を殺すと共に世界中を汚染させる、危険な物だった。女神ロンドは遂に人間に警告する。これ以上争いを続けるのなら、人という種を滅ぼすと。

人は女神の言葉を聞き入れ、暫くの間武器を捨てた。だが警告を受けた世代が死に絶えると、再び戦争を始めた。

女神ロンドは激怒した。

使徒と呼ばれる存在を手駒に、女神は人間に戦争を吹っ掛ける。

人類はこれに対抗。人と神の戦争が始まった。これを〈終楽戦争《しゅうがくせんそう》〉と呼ぶ」

「〈終楽戦争〉か。学院に居た時に軽く習ったような……」

「僕も人と神の戦争が昔あったってことは知ってるけど、その詳細については一切知らないね」

そうなのか。オレはまったく全部初耳だ。

「続けるわよ。

この戦争の結果は神の圧勝だった。赤子対大人、蟻対象、人と神との間にはそれほどの差があった。

人類はすぐさま降伏する。だが怒りに身を染めた女神は侵略をやめなかった。

人口を百分の一まで減らされた時、人類は最後の切り札を投入する。それはたった1人の旅人、5つの大陸の支配者たる5人の王が全員認めるある男だった。

旅人は使徒の攻撃を掻い潜り、単身で神の世に足を踏み入れ、遂に女神ロンドの元に辿り着く。

旅人は言う。我々は愚かだったと、どんな罰をも受けると、だから人を滅ぼすのは待ってくれと。

女神ロンドは旅人の誠意、清らかな心を前に、わかったと頷いた。その代わり、三つの条件を旅人にのませた。

・一つ、今人類が所持している技術を一度放棄すること。特に有害物質を使った道具は全面破棄。後世にその存在を残さないようにすること。発展した文明を一度リセットすること。

・二つ、旅人が責任をもって人類を管理すること。女神は永遠の命を旅人に与え、人類が暴走した時は旅人がなんとかするように申し付けた。

・三つ、女神の怒りを呪いという形で受けること。

旅人は一つ目、二つ目の条件は簡単に受け止めた。しかし、三つ目に関してはどういうことかと尋ねた。

女神は言う、自分の怒りはどうやっても収まらないと、人類を滅ぼさんとする自分の怒りはもはや消えることはなく、隔離するしかないと。女神は言う、この怒りを７つに分け、呪いとして世界にばら撒くと。それこそが、ここまで世界を汚染した人間への罰だと」

「呪い……」

呪いは祝福とセットだ。

女神の呪いがあるのなら、きっと――と思い、シュラの言葉を待っていると、案の定祝福についての説明がきた。

「女神は言う、呪いを受けることは悪いことばかりではないと。

呪いには対応する祝福がある。そう言って、女神は７つの光を旅人に贈った。

赤、青、緑、黒、白、黄、虹色……色とりどりの7種の光、祝福を。

女神は言う、これからはこの祝福の力を使って豊かに暮らせと。

旅人は人間界へ帰った後、この7種の祝福にこう名を付けた。——〈魔力〉と」

えっと？　つまりオレの体に流れている四色の魔力は祝福の力だったってことか？

「白暦はこの契約をもって終わり、新たに女神の名を冠したロンド暦が始まる。今はロンド暦1598年、つまりこの本に書かれているのは約1598年前のことってわけね。あとはズラズラとみんな知ってる歴史が載ってるだけよ。

これ……女神の呪いって、きっと最古の呪いよね。興味深いわ……」

シュラが本を閉じようとすると、

「待ったシュラちゃん！　本の最後のページになにかあるよ！」

ソナタの言葉を受け、シュラが最終ページを見る。最終ページには〝既読〟と書かれており、その下に人名が連なっていた。

上から順に、

〝ソロン＝ライゼンデ〟

〝アルト＝キネス〟

〝レグス＝イーター〟

〝ヨハネス＝アルシェルト〟

〝アイン＝フライハイト〟

〝サーウルス＝ロッツ〟

〝アドルフォス＝イーター〟

〝シュラ＝サリバン〟

〝アシュ＝サリバン〟

〝ソナタ＝キャンベル〟

〝パール＝ジュライトス〟と書かれている。

「どういうことよ!?　なんで私の名前が……」

「きっと、この本を読んだ人間を自動的に書き込む魔術が刻まれているんだ」

「待てよ。だったらなんでオレの名前がないんだ？」

「うーん……ダメだ。細かいカラクリまではわからない。込められている魔術が高度すぎる」

シュラ、アシュ、ソナタ、パール以外にも知っている名前がちらほらあったな。

まずは爺さん、次に爺さんの弟弟子であるサーウルス。そして――

「アドルフォス……」

――『さて、どうする。脱獄するか？　ここに居る看守全員オレがのしてやるよ』

そんな物騒な言葉から爺さんと会話を始めた男。

あの牢屋を訪れた4人の来訪者の1人。

「僕らを除いて最後にあった名前はアドルフォス君だ。もしかしたらこの本はアドルフォス君が落としたのかもしれないね」

「つーことは、アドルフォスと銃帝が戦っていた可能性が高いってことか？」

「そうだね。あの2人が衝突したなら、この景色にも納得がいく。というか、あの2人がぶつかってこれぐらいで済んだのは奇跡かもしれないね。下手したらマザーパンクが吹っ飛んでいてもおかしくない」

ソナタはアドルフォスと銃帝をかなり高く評価しているようだ。

「シール」

シュラが決意のこもった目でオレを見上げてくる。

「私、この本を持っていたアドルフォスってやつに会ってみたい！」

「アドルフォスに？　帝都は後回しにしてってことか？」

「だって、こんな誰も知らないようなことが書かれた本を持っていたのよ。呪いを解く方法についてもなにか知ってるかもしれないじゃない！」

オレとシュラの会話にソナタが口を挟む。

「アドルフォス君の居場所なら、僕知ってるよ」

「どこだよ」

ソナタは指を北の空へ向ける。

「雲を突き抜ける塔、〝雲竜万塔《ヴォルケトゥルム》〟だ」

第五十九話　次なる目的地

「〝雲竜万塔《ヴォルケトウルム》〟……ちょうどマザーパンクと帝都の間にある塔だな」

前にレイラがあの塔のてっぺんには仙人が住むって言っていた。その仙人ってアドルフォスのことだったのか。

「実はアドルフォス君には僕も会いたいんだよね」

「アンタもアドルフォスに用があるのか？」

「うん。僕の新チームに是非とも彼に入ってほしくてね」

「新チーム？」

「そう。対再生者用の新チームを新たに立ち上げることになったんだよ。僕をリーダーにね。シーダスト島に残した手紙に書いた急用っていうのはそれのこと」

「再生者……屍帝と同じで、不死身且つ、自己再生するバケモンか」

あんまり詳しくは知らねぇんだよな……。

「会長は再生者が世界中に何体居るか知ってるかい？」

「そうだな……」

10……いや、希望的観測も含めて、

「3……」

「お！」

ソナタが意外そうな顔をする。

「なんだ、当たりか？」

「ううん、全然違うよ。正解は7！」

「紛らわしい反応すんじゃねぇよ！」

7体か。

多いようで少ないようで……まぁ許容範囲内か。100体とかじゃなくてよかった。

「彼らの内、4体はさ、君の師匠……バルハさんと、あとバルハさんの弟子であるサーウルスって人が封印して帝国騎士団に預けていたんだ。その中には君も対峙したあの男、屍帝も含まれている」

「屍帝は逃したんだから今は3体預けてあるってことか？」

「それがね～、実は別々の場所に保管していた他の再生者も盗まれたんだ」

「じゃあ、再生者全員が野放しってことかよ。おいおい……今のところオレの中で騎士団＝《イコール》無能ってイメージが凄いんだが」

「はっはっは！　うむ！　反論できん！」

「笑いごとじゃねぇだろ……」

「けど、どっちみち盗まれなくても、コイツの師匠が死んだ時点で封印は解かれて再生者は逃げ出したんじゃないの？」

「いいや、バルハさんはそんな甘い人じゃない。

たとえ自分が死んでも、その後も封印が解けないよう処置を施していた。

まぁその処置も盗んだ奴に解かれてしまったけどね」

「封印が持続しているとはいえ術師が死ねば、封印術のセキュリティは弱まる。

今なら封印術師以外でも高度な魔術師ならバル翁の封印を解けてしまうのだ」

「封印術師サーウルス＝ロッソとバルハ＝ゼッタ。

再生者の解放は両者の死の証となる。再生者の解放をきっかけに封印術師の死の情報が世界中に伝わっていく。屍帝が暴れたことで情報の広まりは更に加速するだろうね。

封印術師が居なくなったと勘違いした他の再生者たちが暴れだすのは、もはや時間の問題だ。

そこで僕を筆頭に、新たに再生者を捕縛する隊を結成することになったってわけ」

屍帝と同程度の馬鹿能力を持った連中が好き勝手にしたら、この世界がどうなるかわかったもんじゃないな。対策を立てるのは当然と言える。

「メンバーはできるだけ少なく、精鋭だけを集めようと思っている。そ・こ・で・だ！

僕はね！　とある2人の人物をどーしても隊に加えたいと思っているんだ！　まぁその内の1人がアドルフォス君なんだよ。

アドルフォス君はね、あのバルハさんと三年間再生者を封じる旅に出て、再生者を2体捕まえている。バルハさんの隣で再生者を見てきた彼は対再生者のスペシャリストとも言えるわけだ」

「爺さんと旅だと……」

「バル翁と旅した者は他にも居るが、一年間以上付き合えた人間は彼しか居まい！

私も、バル翁の旅について行くのは三か月が限界だった！」

「え!?　じゃあもしかして、アドルフォスはパールより強いのか？」

「無論だ！」

う、上には上が居るもんだな……てっきりパールは最強格だと思っていた。

「ちなみに2人目は誰だと思う？　2人目は会長もよーく知ってる人だよ！　さ、誰だと思う？

誰だと思う!?」

「うっせぇな……オレだろ、どうせ」

「せ、正解だよ……よくわかったね」

「再生者をとっ捕まえるっていうなら、封印術師を欲しがって当然だ」

「うん、理解しているなら話は早い！　シール＝ゼッタ君、是非とも僕の部下に――」

「断固拒否する」

肩を落とし、「なんで⁉」と喚くソナタ。

「再生者はともかくとして、どっかの組織に属するのは嫌だね。

それも騎士団とか、性《しょう》に合わないにも程がある」

なによりもソナタの部下《こいつ》ってのがマジで嫌だ。

「封印術がなくとも、なにかしら再生者対策は用意してるんだろ？」

「うん、少しはね。でも封印術に比べたらどれも欠陥ばかりさ」

ソナタはどこか含みのある笑顔を浮かべ、「しょうがない」と呟いたあと、顔を上げた。

「じゃあ僕が君の部下になろう！」

「はぁ？」

「アドルフォス君に用があるのは一緒なんだ。旅は道連れって言うでしょ？」

ソナタ、コイツが仲間になれば道中の危険はグッと減る。ついて来てくれるなら頼もしいが……。

「えぇ〜、コイツ連れて行くの？　なんか途中で裏切りそうじゃない？」

「あぁ、まったく同感だ」

「裏切りそうで裏切らない男ナンバーワン、それが僕さ」

胡散臭い……。

「シールよ、ソナタ殿は連れて行った方がいいぞ。帝都に着いた後、色々と融通が利く」

「そうだな。仮にも大隊長だもんな」

ま、いいか。

「……シュラ」

「仕方ないわね……」

「加入決定だね。これからよろしく頼むよ、2人共」

こうして、新たにソナタがパーティに加わった。

「よし、じゃあ出発は三日後。行き先はアドルフォスが居る塔、〝雲竜万塔《ヴォルケトウルム》〟だ。〝雲竜万塔《ヴォルケトウルム》〟に寄って、その後に帝都に行くって感じだな」

「あれ？　明日出るんじゃないのかい？」

「三日後に錬金術師に頼んでる武器が完成するんだ。それを待たなくちゃいけない」

「おっけ、そういうことね。君の戦力アップは大切だ」

それから旅立ちの日程を伝え、オレとシュラはパール宅へ帰った。

第六十話　偃月

旅立ちの朝を迎える。

だが旅に出る前に行く場所がある。

「もうできてるかな……」

早速新しい錬色器を求めて錬金術師の店へ向かった。シュラは部屋を覗くとまだ腹掻いてむにゃむにゃ言ってたから置いていった。

錬金術師の店の扉を開けると、カウンターの側で1人と1匹が待っていた。

カウンター台には紫の布で包まれたVの形をした物体がある。

「待ちかねたぞ貴様っ！」

「これでも早く来たつもりだ。ディア、それがオレが依頼していたブツか？」

「うっす。完璧にできたっすよ」

興奮していることを悟られないよう、意識してゆっくりと歩を刻む。

喉が鳴る、胸が高鳴る。

カウンターの前に立ち、オレは紫色の布を摑んで、一気に引いて剝いた。

ちょっとした扉ぐらいある大きさ。

美しい開けたVのライン。

木のような質感の堅い物質、持ち手となる出っ張りにはそれぞれ青の錬魔石と赤の錬魔石、真ん中の尖がりには黄の錬魔石が埋め込まれている。

「おぉ……!!」

思わず声を上げてしまった。

なんというか、こう……店に並んだ武器を買うのとは違う、また別の感動がある。

「銘《めい》は〝偃月《えんげつ》〟。破壊力と操作性に重点を置いた傑作っすよ」

「カタログで見た時は片手で投げるようなブーメランだと思っていた。こんなデカいとはな……」

「本来はその二分の一の大きさだったさ。今回は特別だ」

「そんなオーダー出した記憶ないぞ」

「3個もの錬魔石のポテンシャルを活かすならこの大きさがベストなのだ。しかしこの大きさのブーメランを持ち運ぶのは難しいため、いつもブーメランを作る時は小さめにしている。だが！　貴様は封印術で武器を収納できる、ならば遠慮はいるまい」

「ガラットの意見で大きくすることに決めたんすよ」

「いいね、手ぶらの奴がいきなりこんなモン出したらビックリするだろうな～」

ブーメラン〝偃月〟の端を両手で持ち上げる。

——重い。

魔力なしだったら持ち上げることすら叶わないかもしれない。

魔力ありでも両手で投げないと勢い付かないかもな。

「偃月の使い方を説明するっす。マザーパンクの外の広野にいくっすよ」

ディアの提案で、ブーメランを持って平野に向かった。

◆

草が生い茂る真っ平な土地。

オレ、ディア、ガラットは並び立つ。

「まずその偃月を使いこなす2つのポイントを説明するっす」

「ズバリ！

〝溜め〟と〝コントロール〟だ！」

偃月には3個の錬魔石が付いている。

赤、強化の錬魔石。

青、操作の錬魔石。

黄、支配の錬魔石。

獅鉄槍と同じで、それぞれの錬魔石にはちゃんと意味があるのだろうな……。

「赤い魔力を偃月に込めてみるっす」

偃月を両手で持ち、赤魔を込める。すると、偃月の赤の錬魔石が光り、白い蒸気がブーメランから上がった。

「それがチャージ1だ。もっと魔力を込めろ！」

「こ、こうか？」

さらに赤魔を込めると今度は赤い粒、火花のようなモノが白い蒸気に混ざり始めた。

「それがチャージ2っす。もっと魔力を込めるっす」

「簡単に言うけどな……！　これでも結構全力で――」

赤魔をさらに込める。

きつい……！　赤魔が搾り取られそうだ……！

「――っ!?」

手元が熱くなる。

全力で赤魔を込めた結果――偃月は赤く燃え上がった。

炎に似た赤きオーラが湧き上がる。

「それがチャージ3だ。

溜めなしで投げれば一般人を気絶させる程度の威力、チャージ1ならばその辺の雑魚魔物を卒倒させる程度の威力、チャージ2ならばゴーレムすら破壊する威力を発揮し、チャージ3ならば
……」

ガラットが肉球を遠くに見える岩壁に向ける。

オレは頷き、偃月を思い切り岩壁に向かって投げた。

「そうらぁ！」

偃月は縦回転し、空間を裂きながら岩壁に迫る。

ゴォオンッ！　鼓膜に凄まじい炸裂音が響く。

岩壁は偃月によって深く抉られた。砲弾でもぶち込んだような破壊の跡が岩壁には刻まれていた。

「溜めを少なくして使えば小回りの利く飛び道具として使える。

最大限溜めれば躱すのが困難な必殺の武器となる！」

なんて……なんてオレのニーズに合った武器なんだ。

貧弱だった中～遠距離をカバーし、尚且つ致命的だった火力不足をも補うなんて。

「次に黄魔と青魔の使いどころっすけど」

「ああ、いやそれは何となくわかるから大丈夫だ」

黄色の魔力、支配の魔力を細長くして岩壁に食い込んだ偃月に伸ばす。

支配の魔力を偃月に埋め込まれた黄色の錬魔石にくっ付ける。そんで引っ張る。すると偃月は回転しながらオレの方へ戻って来た。

偃月が手元に戻ってくる直前で黄色の魔力を右に逸らすと偃月も右に飛び、左に逸らすと左へ、上空に伸ばすと空に飛ぶ。上空から舞い降りる偃月を両手でキャッチした。

「――っ!?」

「……。」

「支配の魔力でブーメランを支配して、操る！

こんな感じだろ、偃月の使い方……ってなんだその顔。違うのか？」

「なんすか、そのヨーヨーみたいな使い方」

「〝よーよー〟？」

「し、信じられん黄魔の量だな……。

あんな無茶苦茶な芸当が成立するとは……」

「どっちみち効率悪いっす。

偃月は投げる前に赤魔と黄魔と青魔を一気に仕込むんすよ」

「ほう」

「手元から離れれば魔力は外に流れ始めてしまうんすけど、青魔でそれを制御するっす。予《あらかじ》め青魔に魔力の動きを指示しておいて投げる。投げられたブーメランの中にある青魔が使い手の指示通りに黄魔を動かし、ブーメランの軌道を変更させる」

「つまり、投げる前に軌道は決まっちまうってわけか」

「貴様の場合、いざ軌道を変えたいってなった時は先ほどみたいに動かしてもよいと思うがな。しかし、毎度毎度あんなことをしていれば黄魔はともかく青魔は簡単に尽きるぞ」

「とりあえず一度、〝まっすぐ行って〟、〝まっすぐ帰ってくる〟。と意識して魔力を込めてみるっす」

「りょーかいりょーかい」

偃月を後ろに振りかぶる。

「あの岩壁の直前までまっすぐ行って、まっすぐ帰ってくると……」

集中し、黄魔と青魔、あと少量の赤魔を込める。

「おら！」

そんで思い切り投げる。

ブーメランは横回転でまっすぐ飛び、岩壁につくギリギリのところで軌道変更、まっすぐこっちに向かって飛んでくる。

「おっ！　うまくいっ――がはっ！！？」

まっすぐ帰ってきたブーメランは止まることなくオレの腹に激突。

オレは宙に飛び、遥か後方で地面に背中からダイブした。

「ダメっすよ、ちゃんと〝自分の手元で止まる〟ところまで指示しないと」

「愚か者め！」

「先に言っといてくれ……。

だがまぁ、性能はわかった」

立ち上がり、後ろに転がる偃月を殴る。

「――〝烙印《マーク》〟」

〝封印《クローズ》〟。

〝月〟と書き込まれた札に偃月を封印する。

「これで説明は終わりっす」

「ありがとな！

すげーオレにピッタリな武器だ。コイツがあれば戦闘の組み立てがグッと楽になる……！

マジでいいぜ。大事にするよ」

「仕事っすから」

ガラットが足元に寄ってくる。

「シール＝ゼッタ」

「ん？　どうした？」

「……頑張れよ」

その短い言葉には、色んな感情が含まれていたように感じた。

第六十一話　本当の笑顔

それから街へ戻ると、街道の端でシュラとソナタが待っていた。

「遅いわよ、アホシール！」

「もう準備はいいのかい？」

「あぁ。出発しよう」

マザーパンクの外、野原にオレとシュラは並ぶ。

見送りにはパールとアカネさん、あとはソナタの見送りのためか騎士団員が大勢来ていた。

オレは首を回し、白髪の少女を探す。

「アイツは……居ないか」

レイラの姿はない。

結局、手紙を見せた意味はあったのだろうか。

手紙の内容をオレは知らない。爺さんの手紙を見て、アイツが立ち直れていればいいが……こればかりは爺さんを信じるしかないな。

「シール君、シュラちゃん」

アカネさんは優しく微笑み、オレとシュラの頭にそっと手を乗せた。

「辛くなったらいつでも遊びに来ていいからね」

うっ……なんて母性だ。

母親が居た経験のないオレに、この母性は突き刺さるな。

「はい。短い間だったけど世話になりました」

「ま、まぁ気が向いたら遊びに来てあげてもいいわ！」

シュラもシュラで照れている様子だ。

「ふふっ、楽しみに待ってるわ」

アカネさんの隣ではパールが腕を組み、「がっはっは！」といつも通り笑っていた。

「私もマザーパンクに溜まった仕事を片付けたら帝都へ行くからな！」

「別にいいよ。あんま家空けてアカネさんを1人にさせんなよ」

「あらあら、シール君は良い旦那さんになるわね！」

アカネさんが目を細めてパールを見る。

パールは「うーむ」と申し訳なさそうに目を逸らした。

「ソナタ殿。2人……いや、3人をよろしく頼む」

「任せてよ」

全員、別れの挨拶が済んだところで、オレ達は旅路へ足を踏み出す。

「よし行くぞ」

マザーパンクに背を向けようとした時だった。


「待って!!」


少女の声がオレ達の足を止めた。

オレは振り返り、その声の主を見て目を丸くする。

「おまっ――」

「アンタ……」

声の主は白髪の少女だった。

真っ白な服に身を包んでいる。間違いなく、レイラ＝フライハイトだ。

しかし、その髪は肩の所で切り揃えられていた。腰まで伸びていた長髪はなかった。

頭に花の形をした髪飾りを付け、肩には鞄を掛けている。

「どうしたんだ？　その髪……」

「ん？　深い理由はないよ。邪魔だったから切っただけ。似合ってない、かな？」

――上目遣いでそう聞くのは反則だと思うんだ、オレは。

「い、いや……似合ってるぞ。むしろ好きな長さだ」

「ほんと？

えへへ……よかった」

短い髪を人差し指でクルクル巻きながらレイラはホッとしたような表情を浮かべる。

「なぁにデレデレしてんのよ。

気持ち悪っ！」

「お前はなにイライラしてるんだ？」

シュラはレイラの肩に掛かった鞄に視点を合わせ、指をさす。

「ちょっとアンタ、荷物なんて持ってどこに行くつもりよ？」

「うん、そうだね。

まずはそのことを伝えないとね……」

レイラはオレ達を歩いて追い抜き、振り返った。

「わたしも、君の旅について行かせて。シール君。

わたしも帝都に行きたい。帝都に行って、おじいちゃんのぬれぎぬを晴らしたい」

「は？」

「なぁ!?」

「ダメ……かな？」

「お断りよ！」

「いいぞ。ただ帝都に行く前に少し寄るところがあるけどな」

「ちょっと！」

シュラがオレを見上げて睨む。

「なんだよ、戦力的には問題ないだろう」

「ぐっ、そりゃそうだけど……」

「爺さんの家に向かうならコイツが居た方が色々と上手く運ぶ。違うか？」

「むー……」

オレが連れて行かずともコイツは単独でも動いてしまうだろう。だったら目の届く範囲に置いておいた方が楽だ。コイツは、死なせるわけにはいかないからな。

それに、コイツの能力はオレと相性がいい。一緒に行動して損はないと断言できる。

「よろしくねシュラちゃん！　ん〜！　やっぱ可愛い……」

「ふんっ！

足手まといにはなるんじゃないわよ！」

「ちなみに、帝都に行く前に寄るところってどこ？」

「〝雲竜万塔《ヴォルケトウルム》〟だ」

「〝雲竜万塔《ヴォルケトウルム》〟!?　どうしてそんなところに……」

オレはアドルフォスについて説明する。

「アドルフォス……おじいちゃんと一番長く旅していた人か。うん、わかった。わたしも興味ある」

「よし、問題なしだな」

レイラに近づく2つの足音。

パールとアカネさんが寂しそうな顔でレイラを見つめていた。

「レイラ嬢……」

「パールさん、本当にお世話になりました。アカネさんも、ありがとうございました……」

「レイラちゃん。もう、大丈夫みたいね」

「はい……」

レイラは少し涙ぐみながら夫妻に頭を下げた。

レイラが頭を上げたところで、ソナタがレイラに歩み寄る。

「君がレイラちゃんだね。話には聞いてるよ」

「そ、ソナタ＝キャンベル大隊長!?」

レイラは「信じられない……」と目に尊敬の色を込めてソナタを見る。

そうか、レイラは騎士団志望だったから当然ソナタのことも知ってるのか。

「君の魔術学院での活躍は聞いていたよ。

まだ入隊してもいないのに騎士団上層部では君の取り合いが起きていたぐらいだ」

「きょ、恐縮です。大隊長にわたしのことを知っていただけていたなんて……」

「そんなかしこまった態度はやめてよ。これから一緒に旅することになるんだからさ」

「一緒に!?　ソナタ大隊長も！！？」

レイラが『本当なの!?』と目配せしてきたので、オレは頷いた。

「い、色々と学ばせていただきます！」

「いやいや、本当にもっとフランクに接してくれていいよ？」

「そうだぜレイラ。コイツに遠慮することはない」

「そうそう」

「……君たちはもう少しかしこまってくれてもいいけどね……」

「わかりました。では、ソナタさんと呼ばせていただきます……」

オレと、シュラ&アシュ、ソナタにレイラ。４人で並び立つ。

「レイラ」

右隣に居るレイラに声をかける。

「なに？　シール君」

人差し指を上げ、レイラの頭に付けられた桜色の髪飾りを指さす。

「似合ってるぜ、その髪飾り。

すげー好みだ。いいセンスしてるな」

綺麗な桜色だ。

なんだか、見てるだけで落ち着く色だ。

「——っ!?　う、うん……ありがと、ね」

レイラは俯き、スタスタとオレの側を抜けていく。

あれ？　なんか間違えたか？　素直に褒めたつもりだったが……。

「ねぇ、シール君」

レイラは顔を上げ、オレの瞳を覗く。

「前言撤回の、撤回していい？」

その笑顔は街を彩る桜のように晴れやかで、一点の曇りもなく、綺麗で美しいものだった。

「やっぱり君は、わたしの大好きな人によく似てるよ……」

常春の街、マザーパンク。

桜舞い散るこの地で、ようやくオレはレイラ＝フライハイトの、彼女の本当の笑顔に出会えたようだ。

「そっか。そりゃ光栄だ」

新たにレイラを仲間に加え、オレ達はマザーパンクを後にする。

「よし、出発するぞ！

目指すは雲の先、〝雲竜万塔《ヴォルケトウルム》〟だ！」

こうして、1人の少女のすれ違いは終わり、また新しく物語が始まっていく。

火山や渓谷が待つ広野に向かって、オレ達は同時に足を踏み出した。

外伝

継承

レイラ＝フライハイト10歳の夏。

帝都の父親が経営しているパン屋の玄関に、レイラは祖父と一緒に居た。背負ったリュックには一週間分の着替えや日用品を詰め込んでいる。

「お父さん！　行ってきます！」

レイラの父親はバルハやレイラと同じ白い髪色。眼鏡を掛けている。

レイラの父親は紙袋に詰めたパンをレイラに手渡し、麦わら帽の上からレイラの頭を撫でる。

「行ってらっしゃいレイラ。――父さん、気をつけて行ってね」

「ああ。すまないな、店の手伝いができなくて」

「あっはは！　あのバルハ＝ゼッタにパン屋のお手伝いなんて頼めないよ。レイラ、おじいちゃんの言うこと、しっかり聞くんだよ？」

「も～！　わたしはもう子供じゃないんだから、わかってるよそれぐらい！　行こ！　おじいちゃん！」

レイラはバルハの手を掴んで店を出る。

レイラは興奮を抑えきれなかった。早くマザーパンクに行きたかった。大好きな祖父と誰にも邪魔されず遊ぶことができる、一年で一週間しかない大切な時間を少しでも無駄にはしたくなかったのだ。

レイラとバルハは帝都を出て、まっすぐマザーパンクへ向かう。

野原を歩いていると、レイラは視線の先に綺麗な黄色の花を見つけた。祖父に花をプレゼントしようと、レイラは走る。

「レイラ！　この辺りは魔物が出る。あまり私から離れるな！」

「大丈夫だよ！　わたしだって魔術の勉強して強くなったもん！」

レイラがバルハより十歩ほど離れた時だった。

「【グゲェ!!】」

真っ黒な鳥型モンスターがレイラに対して風魔術を放った。

「え」

「レイラ！」

バルハは慌ててレイラの前に出て、そして、体から青魔を放出させた。

「〝流纏〟ッ!!」

青魔で風魔術を散らし、レイラを守る。

その後、足元の小石を拾ってモンスターに投擲し、モンスターの頭を抉って絶命させた。

「無事か？　レイラ」

バルハがレイラに視線を落とすと、

「うわぁ～！」

レイラは両目を輝かせていた。

「すっごいおじいちゃん！　いまの術なに!?　かっこいい～!!」

「〝流纏〟のことか？」

「〝るてん〟！　かっこいい！　おじいちゃん、わたしに〝るてん〟教えて！」

「あれは……会得難易度が相当に高くて、子供に教えられるものじゃ……」

キラキラと憧れの目を向けてくるレイラ。

バルハは『すぐに飽きるだろう』と、とりあえず頷いた。

「わかった。別荘に着いて、荷物を置いたら教えよう」

「やった！」

〝流纏〟の訓練は魔術の訓練の中でも地味でつまらなく忍耐の必要なモノ。しかも頑張っても中々成果が出ない。レイラのような好奇心旺盛な子供が耐えられる修行ではない。もって数時間……とバルハは考えた。

「レイラ。日が暮れる前にマザーパンクに着きたい。私の背中に摑まりなさい」

「うん！」

レイラはバルハの背中に摑まる。バルハはレイラと2人分の荷物を持ち、走り出した。

その速度は老人のものとは思えない。それどころか、人間の枠を外れた速さだった。途中ですれ違った商人たちはその影すら目で追えなかった。

「速い速い！　やっぱりおじいちゃんはすごいよ！」

バルハは高速で動く自分に、振り落とされる気配のないレイラに感心する。

(本当に強くなったな。赤の魔力を手中に収めている。さっきも、私が助けずとも自分でなんとかできただろう。成長したな、レイラ)

バルハは速度を上げ、マザーパンクへ一直線に向かう。

◆

巨大な桜。

舞い散るピンク色の花と黄色の綿を見て、バルハは口元を緩ませた。

「またこの桜を見ることができたか……」

再生者封じの長旅で蓄えた疲れが、一気に取れていく。

マザーパンクでの孫娘との旅行は、バルハにとって一年の中で一番の楽しみだった。

「早く行こ、おじいちゃん！　〝るてん〟の修行やるんだから！」

「ああ」

マザーパンクに着き、別荘に荷物を置いた後、２人はマザーパンクから出て西にある砂浜でトレーニングを開始した。

「〝流纏〟とは自身の青魔で相手の魔力を乱し、魔術を瓦解させる技。相手の手中にある魔力をはたきおとす。それ即ち、達人の手から剣を弾くのと同義」

「むずかしい話はわかんないよ、おじいちゃん」

「……見て覚えさせた方がいいか」

バルハは厚めの本を出す。その本はページごとに錬色器が封印されている。

本の中の１２０ページ目を開き、呪文を口にする。

「〝解封《オープン》〟」

本から小型の大砲のような物を弾き出した。大砲には緑の錬魔石が1個付いている。

「これに緑の魔力を込めると、10秒後に筒から鉄球を放出する。まぁ見ていなさい」

バルハは大砲に魔力を込め、大砲の射線上に入り10秒待つ。

音を立て、大砲が弾を発射する。バルハは鉄球が自分に当たる直前で――

「〝流纏〟！」

鉄球を構築する魔力を自身の青魔で分解させた。

「やってみるか？　レイラ」

「鉄球、痛くない？」

「強化の魔力を纏っていれば痛くないさ」

「わかった！　やってみるね」

レイラはバルハと同じように大砲に魔力を込めて、大砲から距離を取る。

大砲から弾が発射。青魔を展開し、でたらめに動かす。

「〝流纏〟！　――いたぁ!?」

おでこに鉄球が激突。涙目でバルハを見る。

「む!?　大丈夫かレイラ！」

「うん。だ、大丈夫……！」

バルハはレイラを抱きしめ、よしよしとおでこを撫でる。

「〝流纏〟に集中し過ぎて赤魔を解除したな。それでは痛いに決まっている。……やはり、君にはまだ早い技だったかな」

「……っ！」

レイラはムッと唇を紡ぎ、バルハを突き放す。

「やるよ！　絶対やる！」

レイラは錬色器に魔力を込め、〝流纏〟の訓練を繰り返す。

バルハはなぜレイラがここまで必死になるのか理解できなかった。

レイラは日が暮れるまで修行をした。しかし、〝流纏〟の会得の兆しは一向に見えなかった。

「レイラには〝流纏〟は無理そうだな。そうムキになることはない。〝流纏〟が使えずとも立派な魔術師になれる」

「むぅ……」

(というか、〝流纏〟を使える魔術師など数えるほどしか見たことがない。しかも、この歳であれだけの高等技術を覚えるなど、到底不可能だ)

レイラを慰めながら別荘へと戻る。

その日の夜。

バルハが料理を作ろうとキッチンに立つと、

「待っておじいちゃん！」

レイラがエプロンを着て、バルハの料理を止めた。

「どうしたレイラ？」

「わたしが料理する！　おじいちゃんに食べてほしくて、練習したから！」

孫娘の厚意に、バルハは思わず泣きそうになった。なんとか涙は堪え、笑って頷く。

「そうか！　では、任せるよ」

「うん！」

バルハは食卓でレイラの料理を待つ。

そして数分後、バルハの前に運ばれて来たのは——見たことのない料理の数々だった。

「これは……」

溶かした粘土のようなスープ。

リンゴにゴボウを突き刺したデザート。

黒い肉。

他にも多くの未知の料理が並んだ。

「召し上がれ」

「……。」

満面の笑みの孫娘の顔。どうやら自信作らしい。

バルハは覚悟を決め、料理を口にする。

「ふむ」

本当に不味い物を食べると人って冷静になるんだな、とバルハは思った。

孫娘は顔を赤くして、今か今かと『おいしい』の言葉を待っている。

バルハは迷った。ここで自分がはっきりと『まずい』と言えば、未来の被害者を減らすことができる。それも優しさの1つだと。

しかし孫娘が待っている言葉は絶対にそれではない。未来の被害者を気遣うか、愛しき孫娘を気遣うか。バルハがどちらを選択するかは明白だった。

「お、おいしいよ。レイラ」

「ほ、ほんとに！　やったぁ！」

――すまない。未来でレイラの料理を食す者よ。

バルハは心の内で謝罪した。

完食しようと食事を進めるものの、バルハの胃袋は限界を迎えてしまった。それはレイラの料理が不味いからというよりは、単純に加齢による胃袋の縮小によるものだった。

「レイラ……悪いがこれ以上は食べられない。老いのせいか、最近は食が細くてな」

「あ、うん、大丈夫だよ。ごめんね、おじいちゃんがどれだけ食べるか考えてなかった。明日からは少なくするね！」

「いや、レイラ……明日からは私が作ろう。私にも愛する者に料理を振舞う喜びをくれないか？」

「うーん、仕方ないなぁ。あげる！」

レイラ自身、バルハの料理は大好きだったため了承した。バルハの料理の腕はその道のプロを唸らせるほどである。

「そうだレイラ。すまないが明日は相手できない」

「えー！　なんで？」

「友人に会いに行ってくる。今、共に旅をしている者だ」

「せっかく、おじいちゃんと一緒に居られると思ったのに……」

「本当にすまない。パールの家族もマザーパンクに遊びに来ているらしいから、明日は彼らと遊ぶといい」

「ディアちゃんも来てるの!? わかったよ、明日はディアちゃんと遊んでる。ディアちゃんはね、すっごく可愛いんだよ！ 一日中モフモフしてよーっと」

「はっはっは！ ほどほどにな」

◆

マザーパンク滞在二日目。

バルハはジュライトス家（パールの一家）にレイラを預け、マザーパンクの外に出た。

向かったのはマザーパンクより北にある渓谷だ。

バルハの目的地は渓谷の中心にそびえ立つ塔、〝雲竜万塔《ヴォルケトウルム》〟。

全二百階層で構築され、雲を突き抜けるほど高い塔である。

バルハは〝雲竜万塔〟の前に辿り着くと、首を押さえながら塔を見上げた。

「相変わらず、高い塔よな。さて」

バルハは全身より赤色の魔力を立ち昇らせる。

「昔は一歩で行けたが、今はどうだろうな……！」

地面が裂け、老人の体は空に向かって飛び上がった。

〝雲竜万塔〟の中腹部分を越えて、さらに体は空を飛んでいく。しかし、

「キツイか……！」

飛ぶスピードがジワジワと下がっていく。

バルハは仕方なく、塔の壁に右足を一度つけ、壁を壊してさらに飛ぶ。

雲を越えたところでまた速度は落ちていき、もう一歩塔の壁を蹴り砕いて飛んだところで塔の頂上に着いた。

(衰えたものだ。まさか三歩も使うとは)

自分の弱った体に苛立ちと悲しみを覚えつつ、頂上に足を置く。頂上は平らな場所だ。落下防止用の石壁もある。

バルハが飛び乗った石壁の反対側の石壁に腰掛ける男が1人。

バルハは男に近づき、背中から声を掛ける。

「どうだアドル。この場所は？」

「……悪くないな。なにより景色がいい」

アドルフォス。バルハが現在共に旅をしている相手である。

「再出発の日はまだ先だろ？　孫娘と遊んでるんじゃなかったのか」

「君の様子が気になってな。大丈夫そうで安心した」

「ふん、世話焼きだな……おとなしく英気を養っておけよ。次の旅はもっと苛酷になるんだろう」

バルハは先ほどの体の衰えを思い出し、眉をひそめる。

「……アドルよ、私の再生者封じの旅、最後まで付き合ってくれるか？」

「……？　付き合えと言われれば付き合うが……」

「助かる。恐らく、私にはもう単体で再生者を封じられるほどの力はない。君の力を借りなくてはあと4体もの再生者を封じるのは不可能だ」

「珍しく弱気だな。あと4体の再生者、アンタの代で封じないと駄目なのか？」

「ああ」

「封印術師はアンタ以外に居ないんだったか」

「うむ。弟弟子は君に倒されてしまったからな……」

バルハは顎を撫でながら、アドルフォスを見る。

アドルフォスは頰を搔き、目を逸らした。

「……謝りはしないぞ。アレはサーウルスが悪い」

「わかっている、あれは奴の自業自得だ。君がやらなければ私がやっていたかもしれん。だが事実として、サーウルスが抜けた穴は大きい。なんせ、こんな老人しか封印術師が居なくなってしまったからな」

「だったら後継者を作っておけよ。元気な内にな」

「それはもう諦めた。昔、サーウルスと共に封印術師を大量に作ろうとあらゆる場所を巡ったが、結局継承できる者は居なかった。十年という時をそれで無駄にした。あの十年があれば、再生者の1体ぐらいは封印できていただろうに。居るかもわからない封印術の天才を探すより、自分の手で再生者に終止符を打つ方が確実だ。……今は君も居る。1人で再生者を探していた頃より、効率的に再生者を探せる」

封印術師になれる素養を持つ人間は稀だ。

黒魔術師、白魔術師と違って黄魔を使える人間は特別多いわけでもない。しかもその中で、黄魔を操り封印という複雑な術を扱える存在など——一握りどころか一つまみである。

バルハは過去に何度か弟子を取ろうとしたことがある。だが、封印術を使える可能性がほんのわずかでも見えた人間は皆無だ。バルハは世界各地を周り、何万という黄魔使いを見た。その中で封印術の素養を感じた人間はゼロだった。

「一応、封印術が断たれぬように封印術の技術書は作成している。だが、無駄だろうな。私の代で封印術が途切れる可能性は高い」

「封印術がなかったら再生者をどうやって封じ込めればいいんだ？」

「……考え中だ」

「おいおい……」

アドルフォスは石壁から降りて、腰に手を当てる。

「才能の原石なんざどこに転がってるかわからないぞ。埃被ってそこらの小石に紛れているからな。思いもよらぬ所に、ダイヤモンドすら超える輝きを持つ奴が居ることもある。磨いてみなきゃ、見えない輝きってもんがあるだろ」

「そうだな。アドル、君がまさしくそれだった。まさかあんな所で、魔術師として頂点の才能を持つ者を見つけるとは思いもしなかった」

「買いかぶりすぎだ」

「……君の副源四色が黄色だったならば、君に封印術を引き継がせたというのに」

「それは残念だったな。とにかく、後継者作りは頭の片隅には置いておけよ」

「ないな。弟子は取らない。無駄だ」

「――そうか」

アドルフォスはバルハの表情を見て、これ以上言うのはやめた。

「そうだバル翁、この辺りだと服はどこで買えばいい？」

「帝都かマザーパンク……どちらも君が入るのは難しいか。北東に港町がある。そこで買うといい」

「わかった」

「君は服に興味があったのか？　意外だな」

「……そんなんじゃない。服を入れていたバッグが目を離した隙に持ち去られていた。近くにあった足跡を見るにゴブリンの仕業だろう」

「……君の不幸体質、どんどん酷くなってきているな」

「それを言うな」

バルハはアドルフォスに「ではな」と言い残し、塔を去った。

◆

――『封印術がなかったら再生者をどうやって封じ込めればいいんだ？』

料理を作りながら思い出すのはアドルフォスの言葉。

（封印術なしに再生者に対抗する術。あるとすれば――〝呪解〟。呪いを解除することができれば、活路は開ける。だが、この方法では恐らく世界から――……）

「ただいまー！」

孫娘の元気な声を聴き、思考を中断させる。

「おかえりレイラ。ご飯、できているよ」

「あ、おじいちゃんのご飯！　久しぶりだなぁ～……いたっ！」

バルハの料理の匂いに釣られ、気持ちが逸ったレイラは廊下で転んでしまった。

「えへへ……転んじゃった」

「……っ!?」

笑うレイラにバルハはつい、自分の娘の影を重ねる。

若くして命を落とした自分の娘の影を――

「どうしたのおじいちゃん？」

「いいや、なんでもない。……慌てなくても、料理は逃げやしないよ」

「うん！」

食卓を囲み、2人は食事を始める。

「いっただきまーす！」

「いただきます」

頬に目一杯料理を詰め込むレイラに、バルハは「ゆっくり食べなさい」と笑いかける。

「レイラ。パールの家でなんの遊びをしたのだ？」

バルハが聞くと、レイラはもじもじした後、首を横に振った。

「ひみつ！」

「む？『ひみつ』ときたか……」

食事を終えたレイラは一年分の自分の思い出をバルハに語り、その後座ったまま眠ってしまった。

バルハはレイラを寝室に運び、寝顔を見ながら頭を撫でる。

（あとどれだけ、この寝顔を見られるのだろうか……もう、10歳か。早いものだな）

◆

マザーパンク滞在三日目。

「おじいちゃん。今日もわたし、パールおじさんの家に行く！」

「なっ……!?」

レイラとどこを周るか一晩中考えていたバルハはショックを受ける。

「な、なぜだ？」

「ひみつ！」

「また『ひみつ』か……それなら、私もパールの家に……」

「おじいちゃんはダメ！　留守番してて！」

「なんとっ!?」

「いってきまーす！」

なにか嫌われるようなことをしてしまっただろうか。バルハは物凄く落ち込んだ。

（パールめ……私とレイラの時間をよくも邪魔してくれたな……）

パールに八つ当たり気味の怒りを向ける。

すぐに自分の愚考に気づき、考えを改める。

(やはり、家に居る時間が少ないから、私への興味が薄くなってしまったのだろうか。私もできることならずっと家に居たい。だが、サーウルス亡き今、私が動かなくては世界の命運に関わる……)

すぐ側の窓から見える自分と同じぐらいの年齢の男性、そしてレイラよりも少し小さい女の子。恐らくは自分達と同じ関係。祖父と孫娘だろう。羨望の眼差しを送らずにはいられない。

もしも、自分が使命に縛られることのない、普通の人間だったならば、どれだけ幸せだっただろうか。そう考えずにはいられなかった。

◆

マザーパンク滞在四日目。

「今日もパールおじさんの家に行くから、おじいちゃんは留守番してて!」

「あ、あぁ。行ってらっしゃい……」

この日も、レイラはパール宅へ行ってしまった。

バルハは留守番をレイラより命じられたが、

(気になる……)

我慢できず、家を飛び出してパールの家に向かった。

パール宅のチャイムを鳴らす。

「はーい！　あらあら、バルハさん！　お久しぶりです」

パールの妻、猫獣人のアカネが出てきた。

「アカネ君、久方ぶり」

バルハとアカネは旧知の中である。バルハが帝下二十二都市、錬金術師の街〈ブリューナク〉にパールと共に訪れた際、出会ったのがアカネだ。アカネとアカネの妹の錬金術師コンビは多彩な錬色器を作り上げており、バルハは彼女から多くの錬色器を買った。アカネとその妹のコンビが作り上げた最高傑作が冥剣ルッタである。

バルハを通じ、パールとアカネは仲良くなって夫婦にまでなったのだ。

ひょこっと、アカネの背後から猫耳が出る。

「む？」

バルハはアカネの後ろを覗き込むように見る。

アカネの腰に抱き着くようにして、アカネの娘のディアが居た。

「うぃっちゅ」

「……ディアちゃんか！　大きくなったな」

「うぃっちゅ。バルハおじちゃんは小さくなったっちゅね」

「ははっ！　私が小さくなったのではなく、ディアちゃんが大きくなったのさ」

「さぁさ、あがってください。お茶を出しますので」

「あぁ、すまない。気を使わせる」

バルハは家に上がり、レイラとパールの2人の姿がないことに気づく。

「レイラが遊びに来ているはずだが……」

「レイラちゃんなら夫と砂浜の方に出かけましたよ」

バルハは椅子に腰かける。バルハが座ると正面にお茶が運ばれた。

「砂浜に？　そうか……よし、私も砂浜に行こうか」

「やめておいた方がいいですよ～」

「なぜだ？」

「バルハさんにサプライズがあるみたいです」

「サプライズ？」

「ええ」

「そういうことなら……」

バルハは3分の長考の末、レイラとパールがなにをしているかは探らないことに決めた。

「アカネ君。ご馳走様」

「お粗末様です」

「私はこれで失礼する。ディアちゃん、さようなら」

「さよならっちゅ」

パール宅を出て、別荘に帰ってレイラの帰宅を待つ。

「ただいまー！」

「おかえり。ご飯、できているよ」

バルハは帰ってきたレイラを見て、違和感を感じた。

レイラが纏っている魔力の流れが変化していたのだ。

（フワフワと不安定だった魔力の流れが、落ち着いている。安定し、淀みのない魔力の流れだ……

一体なにをしていたのだ？）

「おじいちゃん！」

レイラはバルハの前に出る。

「明日、砂浜に来て！　凄いの見せてあげるから！」

「……？　わかった……」

◆

マザーパンク滞在五日目。

バルハはレイラに砂浜に呼び出された。レイラの他にはパールも居る。

「バル翁ォ!!　ご挨拶が遅れて申し訳ございません!!!!」

唾を撒き散らしながらパールは頭を下げる。

「いいや、別にいい――」

「またお会いできて光栄です!　後で私と是非とも稽古を!!」

「君も家族旅行に来ているのだろう。家族と過ごしたらどうだ?」

「2人共!　早くこっち来て!」

レイラは砂浜の上に立ち、呼吸を整える。

「すぅ、はぁ、すぅ、はぁ……!　よし、いいよパールおじさん!」

「うむ!」

レイラとパールの間の距離は10メートル。

パールは両手をレイラに向ける。

「なにをする気だ?」

「見てのお楽しみです」

パールは両手の先に緑の魔力を固め、風に変換させる。

――ゴウッ!!

空気を唸らせ、レイラに迫る風の塊。

「レイラ!!」

心配から声が出る。

レイラは肩の力を抜き、なにも構えずに青の魔力を全身から発する。

風の塊が青の魔力に触れた、その時、青の魔力は渦巻いた——

(あれは……!?)

レイラは青魔でパールの緑魔を瓦解させる。

「〝流纏〟ッ!!」

突風はそよ風となってレイラの髪を撫でる。

「な——っ」

バルハは瞬きを忘れ、レイラを見る。

信じられない。頭の中はその言葉でいっぱいだった。

(〝流纏〟は才能も努力も必要な超高等技術。あのアドルフォスですら習得するのに一年かかった奥義を、たったの四日で——!)

バルハはパールに視線に向ける。

「まさか、ここ数日君とレイラの2人で〝流纏〟の練習を?」

「はい、そうです。レイラ嬢がバル翁を驚かせようと、秘密の特訓をしてほしいと言ってきたのです。私はまだ〝流纏〟が使えない未熟者ですが、〝流纏〟の理論は頭に入っているので教授しました。……いやはや、子供の学習能力とは恐ろしいものですね。私が十年かかっても習得できなかった〝流纏〟をこうも容易く……」

パールは笑いながらも、どこか悲しそうだった。自分が必死に訓練してできなかった技を、レイラがものの四日で習得したからだろう。自分の未熟さにパールは腹が立っていた。

「見た見たおじいちゃん！　できてたでしょ？　〝流纏〟！」

「……っ！」

自分の孫娘の才能に、バルハは言葉を失った。

「……バル翁。貴方の孫娘は紛れもない天才ですぞ」

バルハの頭の中に、アドルフォスの言葉が蘇る。

――『磨いてみなきゃ、見えない輝きってもんがあるだろ』

（君の言う通りだな、アドルよ。才能はどこに転がっているかわからん。こんな近くに居たのに、今の今まで気づかなかったのだからな……）

バルハはレイラに近づき、頭を撫でる。

「凄いぞレイラ。君は天才だ」

「えっへへ！　ねぇ、おじいちゃん！　これでわたし、おじいちゃんの弟子？」

「む？」

「封印術はできなかったけど、〝流纏〟はできたよ！　おじいちゃんの技、わたしできたよ！　だからわたし、おじいちゃんの弟子でしょ？」

レイラは以前に封印術に挑み、できなかった経験がある。それは当然だ。レイラの副源四色は虹、封印術を使うには黄魔がなければならない。だが〝流纏〟はレイラにも可能性があった。祖父の技の継承、レイラが意地でも〝流纏〟に挑戦したのは祖父の技を継承して祖父の弟子になるためだったのだ。

「えっとな、レイラ。〝流纏〟を継承したからといって私の弟子ということにはならない。むしろ君はパールに教えを乞うたのだから、パールの弟子と言った方が正しい」

「ぬっはっは！　そうか、レイラ嬢は私の弟子か！」

「え～、パールおじさんの弟子になっても嬉しくないっ！」

「……レイラ嬢、それはちと悲しいぞ……」

落ち込むパールを見て、バルハとレイラは笑い声を交錯させる。

帰り道、バルハとレイラは手を繋いで街道を歩く。

「おじいちゃんはさ、どんな人を弟子にしたいの？」

「わからない。私自身、知りたいものだ。私はどんな人間を弟子にしたいのか」

「ふーん。もしもこの先、おじいちゃんの弟子ができたらさ、わたしに紹介してね。わたしがおじいちゃんの弟子を査定してあげる！」

「さ、査定？　どこでそんな言葉を……」

「絶対会わせてね！　約束だよ！」

「はっはっは！　わかったわかった。もしも私に弟子ができたのなら、必ず君に会わせよう」

弟子、か。とバルハは空を見る。

——『後継者作りは頭の片隅には置いておけよ』

（そうさな。頭の片隅ぐらいには置いておくか）

バルハとレイラ。２人の約束が果たされるのは、それから六年後のことになる——

あとがき

4カ月ぶりです。空松です。

第二巻は締め切りを延ばしに延ばして、毎度ながら編集M氏にご迷惑をおかけしました……。言い訳させてもらうと、WEB版で〝マザーパンク編〟を読んでいた読者の方はわかるかと思いますが、今回はWEB版からだいぶストーリーラインが変わったので、それが原因です。決してモンスターを狩ったりウマ風の女の子を育てたりしていたからではありません。

さて、あまり話題もないので、第二巻のとある戦いをちょっとピックアップして話させていただきます。

銃帝vsアドルフォスです（よくあとがきで作中の説明するなと言いますけど、僕はそういうあとがきが好きだったのでやっちゃいます）。

結末としては銃帝逃亡により引き分けとなりましたこの戦いですが、お互いに本気を出していません。銃帝はトリッキーな奥の手を、アドルフォスは超絶パワーの必殺技を残しています。お互い本気を出さなかったのは、互いに「アイツ、兄貴のベストパートナーだったしなぁ……」「アイツ、バル翁の弟だからなぁ……」と警戒していたからです。警戒し過ぎて探り探りになってしまい、結果全力を出せずに終了しました。

昔から主人公の関係ないところで行われる強者vs強者が大好きで、この戦いを書きました。夢が一つ叶いましたね、書いていて楽しかったです。

この『封印術師』は僕の子供の頃の『この展開好き！』っていうのを詰め込んだもので、楽しんでもらえると嬉しいです。

第二巻ではレイラ、パール、アカネ、ディア、ガラット、アドルフォスと、また僕の好きなものを詰め込んだ新キャラクターが登場しました。伊藤様は僕の曖昧な設定表から想像以上のデザインを生み出してくれまして、本当に感謝しております。特にレイラとアドルフォスがグッドでした。伊藤様の描く男キャラクターは熱い少年漫画の波動をひしひしと感じるので大好きです。

少年漫画と言えば、第一巻の帯を見た方はお気づきだと思いますが、『退屈嫌いの封印術師』はコミカライズが決まっております。『少年漫画をそのまま小説にしよう』という志ではじまった今作がコミカライズするので、まぁ少年漫画になります（笑）　まだまだコミカライズは先になるかと思いますが、是非ともお楽しみにっ！

最後に改めて、二巻だけ読んでくださった方々、もしくは一巻二巻両方読んでくださった方々に多大な感謝を。これからも今作を楽しみにしてくださる皆様のため、鋭意執筆して参りますので、どうぞよろしくお願いいたします。

大人のエンタメ、ど真ん中！

SQEXノベル 毎月7日発売

SQEXノベル

●転生したらドラゴンの卵だった ～最強以外目指さねぇ～ ●片田舎のおっさん、剣聖になる ●退屈嫌いの封印術師
●雑用係兼支援術師はパーティー追放に憧れる ～世間は追放ブームなのに、俺を過大評価するパーティーメンバーたちが決して手放そうとしてくれない～ ●この度、私、聖女を引退することになりました
●わたしはふたつめの人生をあるく！ ●パイプ使いは紫煙を纏う ～俺だけが使える毒草からスキル無限採取術～ ●田んぼでエルフ拾った。道にスライム現れた

マンガUP!
毎日更新
名作&新作100タイトル超×基本無料=最強マンガアプリ!!
GC UP! 毎月7日発売
失格紋の最強賢者
～世界最強の賢者が更に強くなるために転生しました～
原作：進行諸島（GAノベル/SBクリエイティブ刊） 漫画：肝匠&馮昊（Friendly Land）
キャラクター原案：風花風花
転生賢者の異世界ライフ
～第二の職業を得て、世界最強になりました～
原作：進行諸島（GAノベル/SBクリエイティブ刊） 漫画：彭傑（Friendly Land）
キャラクター原案：風花風花
魔王学院の不適合者
～史上最強の魔王の始祖、転生して子孫たちの学校へ通う～
原作：秋 漫画：かやはるか
キャラクター原案：しずまよしのり
神達に拾われた男
原作：Roy 漫画：蘭々
キャラクター原案：りりんら
異世界賢者の転生無双
～ゲームの知識で異世界最強～
原作：進行諸島（GAノベル/SBクリエイティブ刊） 作画：三十三十
キャラクター原案：柴乃櫂人
ここは俺に任せて先に行けと言ってから10年がたったら伝説になっていた。
原作：えぞぎんぎつね（GAノベル/SBクリエイティブ刊）
作画：阿倍野ちゃこ
ネーム構成：天王寺きつね
キャラクター原案：DeeCHA
勇者パーティーを追放されたビーストテイマー、最強種の猫耳少女と出会う
原作：深山鈴 漫画：茂村モト
https://sqex.to/mup
※一部アプリ内課金あり
●「攻略本」を駆使する最強の魔法使い ～<命令させろ>とは言わせない俺流魔王討伐最善ルート～
●おっさん冒険者ケインの善行
●二度転生した少年はSランク冒険者として平穏に過ごす ～前世が賢者で英雄だったボクは来世では地味に生きる～
●最強タンクの迷宮攻略～体力9999のレアスキル持ちタンク、勇者パーティーを追放される～
●冒険者ライセンスを剥奪されたおっさんだけど、愛娘ができたのでのんびり人生を謳歌する
●落第賢者の学院無双 ～二度目の転生、Sランクチート魔術師冒険録～
©Roy ©Shinkoshoto/SB Creative Corp.
©Suzu Miyama ©Ezogingitune/SB Creative Corp.
©SHU 2021
Licensed by KADOKAWA CORPORATION

©Akumi Agitogi Licensed by KADOKAWA CORPORATION
©Kisetsu Morita/SB Creative Corp.　©Toshio Satou/SB Creative Corp.

月刊ビッグガンガン
BG
毎月25日発売
BG COMICS ビッグガンガン 毎月25日発売
薬屋のひとりごと
原作：日向夏（ヒーロー文庫／主婦の友インフォス）
作画：ねこクラゲ　構成：七緒一綺
キャラクター原案：しのとうこ
シノハユ
原作：小林立
作画：五十嵐あぐり
父は英雄、母は精霊、娘の私は転生者。
原作：松浦（カドカワBOOKS）
作画：大堀ユタカ
キャラクター原案：keepout
ゴブリンスレイヤー
原作：蝸牛くも（GA文庫／SBクリエイティブ刊）
作画：黒瀬浩介
キャラクター原案：神奈月昇
怜-Toki-
原案：小林立
漫画：めきめき
ハイスコアガール DASH
押切蓮介
咲-Saki-阿知賀編 episode of side-A
原作：小林立
作画：五十嵐あぐり
BADON
オノ・ナツメ
●SHIORI EXPERIENCE ジミなわたしとヘンなおじさん　●結婚指輪物語
●ヒノワが征く！　●史上最強の大魔王、村人Aに転生する
●やはり俺の青春ラブコメはまちがっている。ー妄言録ー　●千剣の魔術師と呼ばれた剣士　他
©2021 Natsu Hyuuga/Shufunotomo Infos Co.,Ltd.　©Kumo Kagyu/SB Creative Corp.

ヤングガンガン
YOUNG GANGAN
毎月第1・第3金曜日発売
YG COMICS ヤングガンガン 毎月25日発売
86―エイティシックス―
原作：安里アサト（株式会社KADOKAWA／電撃文庫刊）
キャラクターデザイン：しらび
漫画：吉原基貴
メカニックデザイン：I-IV
その着せ替え人形《ビスク・ドール》は恋をする
福田晋一
咲-Saki-
小林立
不器用な先輩。
工藤マコト
ナイツ＆マジック
原作：天酒之瓢（ヒーロー文庫／主婦の友インフォス）
キャラクター原案：黒銀
漫画：加藤拓弐
ゴブリンスレイヤー外伝：イヤーワン
原作：蝸牛くも（GA文庫／SBクリエイティブ刊）
キャラクター原案：足立慎吾／神奈月昇
作画：栄田健人
兄の嫁と暮らしています。
くずしろ
●清く正しくふしだらに　●綺麗にしてもらえますか。　●ダストボックス2.5
●ダンジョンに出会いを求めるのは間違っているだろうかII　●超人高校生たちは異世界でも余裕で生き抜くようです！
●MURCIÉLAGO ―ムルシエラゴ―　●ゆうべはお楽しみでしたね　●ラララ　他
©2021 Hisago Amazake-no/Shufunotomo Infos Co.,Ltd.　©Kumo Kagyu/SB Creative Corp.

©Kazuma Kamachi Licensed by KADOKAWA CORPORATION ASCII MEDIA WORKS ©新木伸・森沢晴行／集英社ダッシュエックス文庫
©Iori Miyazawa/Hayakawa Publishing Corporation

SQEXノベル

退屈嫌いの封印術師　2
～常春の街マザーパンク～

著者
空松蓮司
イラストレーター
伊藤宗一

©2021 Renji Soramatsu
©2021 Souichi Itou

2021年6月7日　初版発行

発行人
松浦克義
発行所
株式会社スクウェア・エニックス
〒160－8430
東京都新宿区新宿6－27－30　新宿イーストサイドスクエア
（お問い合わせ）スクウェア・エニックス　サポートセンター
https://sqex.to/PUB

印刷所
図書印刷株式会社

担当編集
増田翼

装幀
百足屋ユウコ+石田隆（ムシカゴグラフィクス）

この作品はフィクションです。
実在の人物・団体・事件などには、いっさい関係ありません。

○本書の内容の一部あるいは全部を、著作権者、出版権者などの許諾なく、転載、複写、複製、公衆送信（放送、有線放送、インターネットへのアップロード）、翻訳、翻案など行うことは、著作権法上の例外を除き、法律で禁じられています。これらの行為を行った場合、法律により刑事罰が科せられる可能性があります。また、個人、家庭内又はそれらに準ずる範囲での使用目的であっても、本書を代行業者などの第三者に依頼して、スキャン、デジタル化など複製する行為は著作権法で禁じられています。
○乱丁・落丁本はお取り替え致します。大変お手数ですが、購入された書店名と不具合箇所を明記して小社出版業務部宛にお送り下さい。送料は小社負担でお取り替え致します。但し、古書店でご購入されたものについてはお取り替えに応じかねます。
○定価は表紙カバーに表示してあります。

ISBN978-4-7575-7311-6 C0093　Printed in Japan